KB269497

이제 나는 눈물을 믿지 않는다

이제 나는 눈물을 믿지 않는다

2권

백선경 장편소설

징검다리

차례

흩어진 얼음 조각

어디선가 음악이 흘러 나왔다. 새파란 하늘을 올려다보지 못할 더러움으로 오염된 육체를 떠 안고, 마음의 상처를 받은 자를 위한 진혼곡처럼 노래 소리는 비탄에 찬 영혼이 미친 가슴으로 부르는 노래 소리 같았다. 동방 상사 안으로 막 들어서던 순간이었다. 누군가 날쌔게 차 쟁반을 걷어찼다. 쟁반이 날아올라 발등에 떨어졌고 찻잔은 층계 참에 나뒹굴어 날카롭게 울며 박살이 났다. 깨어진 보온병에서 흐른 뜨거운 기운이 발등을 적셔 화끈한 열기가 불길한 예견처럼 피어올랐다.

누군가 등을 쏘아보는 듯 해 쿵쾅거리는 가슴을 진정시키려고 숨을 몰아 쉬었다.

누군가 등을 툭툭 쳤다.

뒤를 돌아본 미현은 짧은 비명과 함께 벽으로 무너져 잔뜩 질린 채 부들부들 떨었다.

핏발선 눈초리의 아들 진영이 불쑥 나타났다.
"진영아!"
아들의 손을 덥석 쥐었다.
빨갛게 염색을 한 아들은 예전의 착하고 생기 넘치던 모습이 아니었다. 신문 가판대 구석으로 밀려난, 야하게 치장된 통속적인 잡지처럼 저를 찾아 줄 손길을 유혹하는 동작으로 붉은 머리칼을 흔들며 눈빛을 번쩍거렸다.
"손 치워. 더러워."
우두둑 손목이 꺾이고 그녀는 푹 고꾸라졌다.
"엄살 부리지 마. 일어서! 갈 곳이 그렇게 없었어? 숨은 곳이 겨우 여기야? 팔다리를 부러뜨릴 거야. 다시는 이런 짓거리 못하도록."
진영은 타협 불가능한 문제를 놓고, 폭력 외엔 풀 길이 없다는 듯이 마구잡이로 발길질을 해댔다.
그녀는 진영을 피하지 않았다. 마치 원없이 맞아야만 치열하게 질타했던 반도덕성의 의문을 입증할 수 있을 것 같아 뒤로 조금 물러나 아들 앞에 무릎을 꿇었을 뿐이었다.
복부에 주먹이 날아들었다. 머릿속이 하얗게 표백되는 동시에 가슴은 썰물이 다 빠져나간 황량한 갯벌 밭이 드러낸 상처처럼 아리게 메어져 왔다.

매질의 비법이라도 익힌 듯이 능숙한 동작으로 구타를 가하던 진영은 지쳤는지 가슴을 싸안고 층계에 풀썩 주저 앉았다.

미현은 꼼짝도 않고 진영의 다음 폭력을 기다렸다. 이대로 물러설 진영이 아니었다. 무슨 일이든 끝장을 봐야 직성이 풀리는 아이였다. 구타 정도로 엄마의 비윤리적인 행위를 질타하려고 이 곳까지 온 것은 아닐 것이다.

생각과는 달리 진영은 미동도 않고 먼 곳을 바라보고 있었다. 어색한 침묵이 흘렀다. 진영이 다시 날뛰던가 아니면 무슨 말이든 해주길 바랬다. 침묵을 지키기가 오히려 더 버거웠다.

"너 어릴 때 아빠를 골탕먹인 사건 기억나니?"

진영이 흘긋 돌아보며 눈을 내리깔았다. 아이는 약간 진정된 것 같았다.

"엄마는 그 때가 가장 행복했었어. 고집불통이었던 우리 진영이가 벌써 이만큼 자랐구나."

미현은 아이의 곁으로 다가가 어깨에 손을 얹었다. 진영은 그녀의 손목을 비틀어 계단으로 밀어 부치며 엄포를 놓았다.

"지난 날이 다 무슨 소용 있어."

진영의 육중한 몸이 그녀를 덮쳤다. 그녀는 눈을 감았다.

"넌 이런 아이가 아니었어. 티없이 맑고 사랑스러운 아이였어. 엄마에게는 이 세상 그 누구보다도 소중한 아들이야."

"그런데, 왜, 왜 내가 이렇게 된 거지? 예전의 나는 어디로 간 거야? 도대체 누가, 나를 이렇게 망쳐놓은 거야!"

진영은 주먹을 쥐어 벽을 내리쳤다.

미현은 고집불통이었던 진영이 아빠를 골탕 먹였던 그 날을 떠올리려고 애를 썼다. 환영처럼 머릿속을 맴도는 어린 진영을 향해 온 신경을 곤두세웠다.

찝찔한 액체가 목구멍으로 꿀꺽꿀꺽 넘어갔다. 구차하게 사느니 죽고 싶다는 생각이 꿈틀거리며 저 밑바닥에서 부활하고 있었다.

"죽일 거야!"

묵직한 둔기가 옆구리를 쳤다. 참았던 호흡이 훅, 뿜어져 나왔다. 후끈거리는 숨결이 끊어지고 진영의 목소리가 아련하게 귓전을 맴돌다 사라졌다. 그녀는 점점 더 기억 속으로 빠져 들어갔다.

*

다섯 살 난 진영이 수화기를 붙잡고 칭얼거렸다.

"아빠, 오보트 사 줘. 아니 요보트!"

아이는 정확치 않은 발음 때문에 상대에게 제 뜻을 전하지 못해 발을 동동 구르며 수화기를 귀에 바짝 갖다 대었다. 태욱은 친구들과의 모임이 있어 좀 늦어진다고 미현에게 전화를 해 왔다.

며칠 전부터 텔레비전에서 방영되는 만화영화의 주인공 로봇을 갖고 싶다고 투정을 부리던 진영은 수화기를 빼앗아 통화를 하고 있는 중이었다. 통화를 끝낸 아이는 환하게 웃으며 아빠가 로봇을 사 주기로 약속했다며 들떠 제 방으로 들어갔다.

자정을 넘기고 집으로 돌아온 태욱은 만취한 상태에서도 자는 아이를 깨워 요쿠르트를 손에 쥐어 주었다. 잠이 덜 깬 진영은 태욱의 볼에 뽀뽀를 해가며 약속을 지킨 아빠를 흐뭇한 듯 바라보다 이내 잠이 들고 말았다.

이튿날 새벽, 뒤척임과 신음 소리에 미현은 일찍 잠에서 깨어났다. 곤하게 자고있는 세 살 박이 희영의 머리맡에 진영이 차렷 자세로 서서 아빠를 노려보고 있었다.

희미한 스탠드 불빛 속에서도 아이는 화가 난 표정이 역력했다. 희영이 태어나고 저한테 쏟던 관심을 동생에게 빼앗겼다는 질투심에 가끔 고집을 부리던 진영이었기에 대수롭지 않게 여기며 진영을 불렀다.

"진영아, 잠 안자고 여기서 뭐하니?"

"씨! 아빠가 요보트 사 온다고 해 놓고 요구트를 사 왔잖아. 아빠는 이제 죽을 거야."

아이는 제 분을 이기지 못해 씨근덕거렸다.

아이의 눈길을 쫓아 태욱을 바라보았다. 태욱은 입이 봉해진 채 숨을 쉬지 못해 헉헉거리며 식은땀을 흘리고 있었다. 약간의 축농증이 있어 술이 취하면 코로 숨을 쉬기도 힘든데 입까지 봉해져 가까스로 숨을 쉬다 멈추다를 반복하며 무 호흡증으로 고통스러워하면서도 잠이든 것이었다.

입 주위와 턱, 귀밑까지 접착력이 강한 포장용 OPP테이프가 붙은 채였다.

아연질색해 태욱을 흔들어 깨웠다. 정신을 차린 그는 무슨 일이냐는 듯 주위를 살피고 휘둥그레 눈을 떴다.

그 모습이 어찌나 우스운지 터져 나오는 웃음을 억지로 참으며 아이와 아빠의 대치 관계에서 발을 빼 구경꾼으로만 남아야겠다고 생각했다. 웃지도 울지도 못할, 기가 막힌 도전장을 아이가 내민 것이었다. 어찌 되었든 진영은 승리자로 보였다.

얼굴에 이물감을 느낀 태욱은 안방 화장대 거울 앞으로 다가가 놀란 표정으로 진영과 미현을 번갈아 보았다. 아이는 득의 양양하게 쏘아 부쳤다.

"아빠 죽으라고 내가 붙였어. 요보트 사 준다고 해 놓고선 요구트 사 왔잖아. 씨!"

아이는 로봇을 사달라고 했고 태욱은 요쿠르트로 잘못알아 들었던 것이었다. 발음이 정확하지 않은 아이와의 어설픈 의사 소통이 가져온 사태였다.

입 주위에 붙은 테이프를 안간힘을 다해 떼어 냈지만 접착력이 강한데다, 머리카락까지 엉겨붙은 테이프는 떨어지지 않았다. 한바탕 난리를 치르고 고통을 호소하던 태욱은 마스크와 모자를 눌러쓰고 병원 응급실로 향했다.

진영의 발길질이 무자비하게 날아들었다. 그녀는 모로 푹, 쓰러져 머리를 감싸쥐고 숨을 멈추었다. 가물거리는 의식 속에서 어린 진영의 윤곽이 차츰 희미하게 흐려졌다.

'그 사건은 아직 결말이 나지 않았어. 고통을 참기 위해서 더…… 더 몰입해야 돼. 최면을 걸자. 난 행복했던 그 시절로 돌아간 거야. 아무 것도 두려워하지 마. 곧, 곧 끝날 테니까.'

그녀는 찬 바닥에 얼굴을 묻어 버리고 귀를 틀어막았다. 오로지 어린 진영이 저질렀던, 울지도 웃지도 못할 사건을 떠올리려고 온 신경을 집중시켰다.

태욱을 진료하던 의사는 터져 나오는 웃음을 참지 못하고 쿡쿡 대더니 급기야 병원이 떠나갈 듯 웃어 제꼈다. 어제 새벽 교통 사고를 당해 파열된 장 수술을 받았다는 환자는 수술 한 자리가 터진다며 염려를 하면서도 웃음을 참지 못했다. 응급실은 졸지에 웃음바다가 되고 말았다. 태욱만이 얼굴을 찡그리고 웃는 환자들을 원망스럽게 훔쳐봤다.

테이프를 가까스로 떼어냈지만 피부 조직이 벗겨진 태욱은 3일정도 치료를 받아야 한다는 진단이 내려졌다.

소식을 듣고 뒤늦게 병실을 찾은 시어머니는 더욱 환자들을 웃음의 경지로 몰아 넣었다. 헐레벌떡 응급실로 뛰어든 어머니는 울먹거리며 태욱을 쓰다듬고, 지나가는 간호사를 불러 여러 가지를 묻더니 급기야 눈물까지 흘리시며 갑자기 미현을 향해 버럭 고함을 질렀다.

"아이고, 우짜다 입을 다친노. 그래, 청심환은 묵였나?"

"청심환이라뇨, 어머니?"

"을매나 놀랬겠노. 놀란 데는 청심환이 최곤 기라."

"진영이가 경기라도 일으켰나요?"

병원으로 오면서 어른들이 계시는 안방 문 앞까지 진영일 데려다 주고 곧바로 병원으로 온 터라 아이의 상태를 알지 못하는 미현은 더럭 걱정이 되었다.

"누가 진영이 먹이라 카드나. 진영 애비 말이제. 아이고 을마나 놀랬겠노……."

한바탕 자지러지는 웃음소리가 또 들려왔다. 미현도 고개를 돌려 쿡쿡거렸다.

"애비야, 내 청심환 사 갖고 재빨리 오꾸마. 쬐매만 참그라."

피부가 벗겨져 진물이 흘러나오는 태욱을 보고 화상을 입은 줄 알고 호들갑스럽게 한바탕 병실을 휘저은 어머니는 화상에 특효인 약도 구해 온다며 서둘러 병실을 나갔다.

어머니는 한 시간이 채 지나기도 전에 숨을 몰아쉬며 들어와 태욱에게 청심환을 먹이고 화상에 특효라며 플라스틱 용기에 정성스레 담아 온 누렇고 습기가 촉촉한 것을 태욱의 얼굴에 척 붙였다.

쓰라림을 진정시키는 연고를 발라 가까스로 고통이 잦아들었던 태욱은 악! 비명을 지르며 손 부채를 만들어 입 주위를 부치고 침상이 들썩거릴 정도로 요동을 쳤다.

어머니는 태욱의 고통도 아랑곳 않고 플라스틱 안에 남아있는 약을 마저 붙였다.

"다 큰 자슥이 와 이리 엄살을 부리노."

다른 환자를 돌보던 의사와 간호사가 뛰어왔을 때에야 어머니는 흐뭇한 표정으로 자신이 해야 할 일을 다 한 듯이 물기가 흐르는 손을 치맛단에 쓱쓱 문질렀다.

그 정체불명의 약은 화상을 입은 부위의 열기를 식혀 준다는, 약이 흔하지 않던 시절 민간요법으로 잘 알려진 강판에 갈아 만든 감자 즙이었다. 어머니 덕에 태욱은 이틀을 더 보탠 5일이나 병원을 들락거려야 했다.

진영의 구타가 계속되는 동안에도 미현은 고통을 느낄 수 없었다. 아이의 골이 난 표정이 연상되면 옅은 웃음을 짓고 진영의 구타가 극에 달할수록 무아지경에 빠져들었다.

"눈을 떠! 날 보라구!"

진영이 그녀의 뺨을 여러차례 때렸다. 그녀는 얼른 정신을 차리고 바짝 말라 버린 입안의 침을 억지로 모아 삼켰다.

분노한 진영의 악에 받친 눈매가 간담을 서늘하게 만들었다.

"아버지는 생사를 오가는데 아버지 친구와 한집에서 살림을 한 사람이 당신이야. 이젠 그것도 모자라 이 짓거리를 해? 당신이 내 어머니였어? 이렇게 더러운 여자가 내 어머니였냐구?"

어릴 때부터 아빠의 정을 유난히 소중하게 여기던 진영은 다행히 아버지를 걱정하고 있었다.

"미안하다. 이런 꼴을 보여서."

"당신은 이미 용서를 빌 가치도 없는 사람이야."

진영은 박살이 난 쟁반을 멀리 걷어차 버렸다.

"무엇을 변명하겠니."

"어떻게 미안하다는 말이 나오지? 당신은 내 어머니가 아니야. 더러운 여자일 뿐이라구!"

진영이 또 다시 날뛰며 옆구리를 걷어찼다. 고통이 압박해와 숨조차 쉴 수가 없었다.

옆구리의 통증보다 망가져 가는 아이의 비탄에 겨운 몸부림이 숨통을 죄어왔다. 닥치는 대로 발길질을 해대던 진영은 벽을 향해 주먹질을 해댔다. 아이의 손등엔 검붉은 피가 흘러 내렸다. 찢길 대로 찢겨진 아이의 마음을 꿰어 주기엔 이미 늦어버린 것 같았다.

"진영아……."

모질게 마음을 다져먹고 아이를 안았다. 몸부림을 치던 아이는 엄마의 따뜻한 품이 그리웠는지 잠시동안 가만히 몸을 맡겨두었다. 아이가 흐느꼈다.

"철우 아저씨를 찾아 갔었어. 흠씬 패주고 싶었는데, 그 나쁜자식이 오히려 나를 설득하는 거야. 엄마의 고통을 아느냐고.

제 놈이 내 아버지라도 되는 양, 김미현의 애인인 척, 그 자식을 그냥 둘 수가 없어. 엄마도 절대 용서하지 않을 거야."

아이는 용서할 수 없는 엄마를 어쩌지도 못하고 달아나기 시작했다. 미현은 아이의 뒤를 쫓았다. 얼어붙은 빙판길을 다람쥐같이 달아나던 아이는 골목길을 돌아 차도를 무단 횡단했다.

위험 천만하게 차들 사이를 빠져나가 반대편 도로에서 숨을 몰아쉬며 미현을 바라보고 있었다.

그녀도 넓은 도로로 내려서 아이처럼 달리기 시작했다. 대형 트럭이 경적을 울리며 지나가다 창문을 내리고 욕설을 퍼부었다.

온몸이 욱신거려 주저앉고 싶었지만, 무너져 내리는 아이를 일으켜 세우기 위해서는 결코 꺾이지 않는 강철처럼 강해져야 했다.

도로를 건너자 아이는 느릿느릿 걸었다. 커피 배달을 기다리는 김 사장과 마담은 어느새 뇌리에서 지워지고 없었다.

찬바람 속을 헤치는 아이의 붉은 머리칼은 겨우내 얼어있던 가지를 옹골지게 비집고 돋아 피어난 동백꽃 무리 같았다.

'곧 봄이 올 거야, 이 땅에도 아이의 마음속에도.'

스스로를 위로하며 진영의 팔짱을 꼈다.

"공부는 잘 되니?"

아이는 여전히 입을 굳게 다물었다. 휘적휘적 발길을 옮기는 아이에게서 포기와 수용의 냄새가 짙게 풍겼다.

"희영이가 가출을 했어. 보름이나 됐어. 씨팔, 왜 내가 희영이까지 걱정해야 되지? 자식들은 안중에도 없는 당신에게 왜 도움을 청해야 하지? 억울해. 난 억울하다구."

아이는 부르르 전율하더니 팔짱 낀 미현의 손을 떨쳐냈다.

"희영이가 집을 나가다니? 왜, 진영아 집에 무슨 일이 있었니?"

그녀는 아이를 돌려 세웠다.

"씨팔, 몰라서 물어? 갈보엄마 덕분이지. 늙은 이장 놈한테도 가랑이를 벌렸다며? 희영이 친구들이 걔를 인간으로 대했을 것 같아? 에이, 더러운 세상."

아이는 주먹을 쥐어 제 가슴을 쳤다. 우려했던 일이 현실로 나타났다. 말 많은 동네 여자들은 미현을 찧고 까불고 알맹이마저 디딜방아에 넣어 뭉개고 있을 터였다.

그 어떠한 변명으로도 진심을 아이에게 전할 수 없는 상황까지 몰아쳤던 것이다.

'미치자, 그래 차라리 미쳐버리자.'

그녀는 이를 악물고 진영을 다그쳤다.

"그래, 엄마는 갈보다. 너희들까지 갈보 자식이 되고 싶니? 잘 들어. 이제부터 난 너희 엄마가 아냐. 너희는 날 버려야 해. 갈보 자식이 되고 싶지 않으면 엄마를 버려!"

악다구니를 해대고 아이의 뒷모습을 보지 않으려고 돌아서 뛰었다. 진영은 달아나는 그녀의 뒷덜미를 낚아챘다.

"공부를 포기할 수 없어! 무슨 일이 있어도 난 대학에 가야해! 갈보 엄마 돈이라도 좋아. 씨팔, 공부를 계속 하게 도와줘."

"고맙다. 고마워 진영아. 그래 걱정마. 뼈가 브서지는 한이있어도 학비는 충분히 보낼게."

"다시는 내 앞에 나타나지 마. 당신 때문에 너 인생을 망칠순 없어. 당신과 나는 악연이야. 지독하게 잔인한 악연. 가, 내앞에서 꺼져 버려!"

미현은 아이를 외면하고 돌아서서 뛰었다. 아이가 내뱉는 욕설이 점점 묽어져 갔다.

도로를 건넜을 때 발바닥에 심한 통증이 일었다. 맨발인 발바닥에 부러진 못 하나가 박혀 있었다. 신경질적으로 못을 뽑아 내고 진영에게 꿋꿋한 모습을 보여주기 위해 사뭇 당당하게뛰었다.

*

가쁘게 숨을 몰아쉬며 동방 상사 사무실로 뛰어든 그녀는 소용돌이치는 울분을 가눌 길 없어 바닥에 길게 드러누웠다.

아이의 결별 선언.

결코 가족과는 분리되어선 안 되었기에 이 길을 택했다. 하지만 자신의 선택으로 인해 남겨진 건 가족과의 단절감 뿐이었다.

김 사장은 미현의 헝클어진 몰골을 측은한 듯 바라보았다.

"나를 데려가 주세요. 아무 곳이나…… 제발……."

그는 아무 것도 묻지 않고 점퍼를 걸쳤다.

"진정해요."

그가 담배를 뽑아 불을 붙여 주었다. 담배를 거푸 빨았다. 매캐한 연기가 망막을 어루만졌다. 시야가 희뿌옇게 흐려져 사물들이 녹아 내리는 비닐처럼 흐물거렸다.

담배 연기를 들이키고 꿀꺽 삼켰다. 기침이 터져 나와 속에 든 울화가 한꺼번에 분출되었다. 오로지 담배 피우기에 열중한 미현은 울컥울컥 먹은 것이 넘어오는 사실도 알지 못했다. 연신 연기를 들이키고 토악질을 해댔다.

자신을 철저히 파괴하고 현실을 비하시켜 가파른 벼랑으로 굴러 내리고 싶었다. 오로지 완벽하게 망가지는 일만이 최선의 선택인 것처럼 철저히 생을 유린하고 싶었다.

김 사장의 부축을 받으며 층계를 내려왔다. 누군가에게 기대지 않고는 단 한발도 움직일 수 없을 정도로 정신과 육체는 무너져 내렸다. 깨어진 보온병과 흥건하게 흘렀던 커피는 이미 치워져 말끔했다.

김 사장은 승용차에 시동을 걸고 잠시 망설였다.

"좀 쉬어야겠어요. 대낮부터 여관을 가기는 그렇고…… 내 집으로 가도 괜찮겠소?"

미현은 고개를 끄덕였다.

우정 빌라 앞에 차는 멈춰 섰다. 배달을 오가며 몇 번 지나쳤던 5층 건물의 빌라였다. 다방과는 300미터 정도로 근접한 곳이라 이웃들이 미현을 알아 볼 만도 한데 김 사장은 주위의 이목 따위는 아랑곳 않고 그녀를 부축해 203호의 문을 열었다.

"잠을 좀 자야겠소. 심신이 지쳤을 땐 잠이 최고요."

안방 인 듯 침대 하나와 원목 옷장이 덩그러니 놓여있는 방으로 안내한 김 사장은 미현을 침대에 뉘어 주었다. 그리고 거실로 나가더니 알약 두 알을 가져왔다.

"잠드는데 도움이 될 거요."

그가 권하는 대로 알약을 삼켰다. 노곤히 잠이 몰아쳤다. 잠결에 낯선 남자가 그녀를 포근히 안고 등을 토닥이고 있었다.

눈을 떴을 땐 창 밖은 새벽의 빛처럼 보라색을 품고 있었다. 아늑함이 전신을 감쌌다.

'이런, 늦잠을 잤네. 깨우지 않고서.'

구수한 음식 냄새가 식욕을 자극해 거실로 나오며 태욱을 불렀다.

태욱은 농사일로 지쳐 늦잠을 자는 미현을 위해 가끔 아침밥을 지어주곤 했었다.

"진영아빠, 아침밥 하는 거예요?"

"일어났소?"

김 사장은 하늘색 앞치마를 두르고 주방에서 돌아보며 씽긋 웃음을 지었다. 그때서야 자신이 김 사장의 집에 왔다는 사실을 깨달았다. 그 자리에 못 박힌 듯 멈춰 섰다.

끔찍하도록 선명한 태욱의 환영은 서서히 균열되어갔다.

이대로 멈춰서 있을 것인지, 현관으로 향할 것인지, 갈피를 잡지 못하고 앞치마를 두른 김 사장과 현관문을 시선으로만 배회했다.

그녀는 끝간데 없는 안개 속에 서 있었다. 미묘한 안개에 휩싸인 미로, 깊숙한 곳에서 길을 찾아 헤매다 접근해서는 안 될 위험 지역에 들어서고 만 것이다.

도마질 소리가 들려왔다. 베란다로 발길을 옮겼다. 막 잠이 깼을 때보다 더 짙은 어둠이 내려앉고 있었다. 미완의 어둠 때문에 저녁을 아침으로 착각한 것 같았다.

김 사장은 식사 준비를 마쳤는지 행주로 손을 닦으며 다가와 묵묵히 어둠을 바라보았다. 가로등이 켜진 빌라 주차장은 퇴근을 하는 차들로 분주해지기 시작했다.

"음식이 입에 맞을지 모르겠네……. 다 식겠소. 식사하겠소?"

침묵 속에 잠긴 그녀를 끌어낸 그가 식탁으로 가서 의자에 앉길 기다렸다.

혼자 사는 사람답지 않게 서너 가지의 밑반찬과 해물찌개가 김을 올리고 있었다. 근래 보기 드문 만찬이었다.

"아침에…… 배달 오는 모습을 사무실에서 지켜봤소."

찌개 국물을 떠먹던 미현은 숟가락을 내려놓고 머리를 떨구었다.

갑자기 사무실로 뛰어든 그녀를 보고도 말없이 담배를 건네 주었던 김 사장은 진영이 폭력을 휘두르는 광경까지 모조리 보았던 것이다.

"왜 저한테 친절을 베푸시죠? 전 다방 접대부예요. 제 처지에 걸맞는 대우를 해 주세요."

그는 밥숟가락을 놓고 천천히 고개를 들었다.

"나도 내 마음을 모르겠소. 외로움에 지쳐 여러 아가씨들을 만나왔지만, 당신은 왠지 달라 보였소. 함부로 하지 못할…."

말끝을 맺지 못한 그는 식탁을 박차고 일어나 장식장에서 양주를 꺼내 들었다. 병 채 들고 술을 마시던 그가 술병을 내밀었다. 둘은 마치 말을 잃은 사람들처럼 몸짓과 눈짓만으로 주거니 받거니 한 병의 술을 다 비웠다.

취기가 빠르게 세포들을 점령했다. 그녀는 게슴츠레 눈을 뜨고 자조적인 웃음을 지었다.

"김 사장님, 소문대로 돈 많은 홀아빈가요? 집안을 둘러보니 취향이 아주 고급이군요. 돈, 아주 좋은 삶의 도구죠."

"그렇소. 돈, 그놈은 훌륭한 삶의 수단과 도구가 되지. 그런데 말입니다. 그놈의 돈 때문에 이렇게 외로운 놈도 있소. 부모, 형제, 친구, 아내도 망할 놈의 돈 때문에 모두 잃었소. 젠장."

"돈 때문에 잃었다구요? 돈이 많은데 잃을 수도 있나요? 당신이 버렸겠지. 나도 돈 때문에 나를 버렸어요. 내 가족도 나를 버리겠지만."

미현은 홧홧해진 얼굴을 손으로 쓸어 내리며 노래를 부르기 시작했다.

"언젠가 당신이 말했었지. 혼자 남았다고 느껴질 때 추억을 생각하라 그랬지 누구나 외로운 거라 하면서…… 사랑은 받는 것이 아니라면서…… 남편의 애창곡이에요. 남편은 예감했었나봐요. 이런 날이 올 줄 알고……."

"호칭을 어떻게 불러야 할지. 아, 그래 태양. 후후, 어울리지 않는 호칭이군. 당신에겐 달양이 더 어울려요. 짙은 어둠이 내려앉은 하늘을 살포시 비집고 나와 있는 듯 없는 듯 세상을 은은하게 밝혀주는. 난 민재요. 김민재."

민재는 한 병의 술을 더 꺼내 마셨다. 미현에게는 더 이상 권하지 않았다. 그녀는 이미 취기가 올라 안간힘을 다해 식탁에 몸을 의지하고 있었다.

그러나 가누지 못할 정도로 흐느적거리는 몸과는 달리 머리속은 이기심으로 가득 찬 남자들의 대표적 표상이 김 사장 같은 인물이라는 확신이 차올라 정신은 또렷해지고 모욕감마저 느껴졌다.

김 사장을 사랑한다고 고백을 하던 진양의 서글픈 하소연과,

돈으로 자신을 사려고 했던 김 사장이 가소로워졌다. 술기운을 빌어 그에게 돈보다 더 소중한 것이 무엇인지 깨우쳐 주고 싶다는 가당치 않은 생각까지 들었다.

"진양에게도 이런 식으로 친절을 가장해 마음을 빼앗았나요?"

"젠장."

그가 식탁 모서리를 주먹으로 내리쳤다.

"좌절과 상실도 돈으로 덕지덕지 처바르면 감출 수 있다고 여기는 인간들. 저에게 배당된 인생과 싸워 볼 생각은 않고 돈이 있는데 뭐, 무슨 걱정이야, 돈이 다 해결해 줄 거야 라고 믿는 치들. 바로 당신 같은 작자들이야."

"그래, 맞아. 나 같은 인간들이야. 노동을 통해 자아실현을 추구하려는 자들을 나는 경멸하지. 적당히 살다가 기회가 왔을 때 한 몫 잡아서 평생을 편히 살려고 기회를 노리는 것이 내 인생관이야. 자, 봐. 나는 성공한 거지? 이렇게 돈으로 치장하고 불편 없이 살고 있으니 말이야."

그는 두 팔을 벌려 집안을 훑어보라는 듯 구석구석을 가리켰다.

"당신은 정신이 삐뚤어진 장애인이야."

그가 어깨를 으쓱해 보이고 미현의 반박을 무시해 버린 채 그녀의 가장 예민한 부분을 건드렸다.

"후후. 당신은 깊은 좌절로 인해 과대망상증에 걸린 것 같군.

그런 것은 가난한 자들이 앓는 증상이야."

미현은 몸을 제대로 가누지 못해 식탁 모서리에 팔을 꿰고 버티며 싸늘히 민재를 노려보며 분노를 터트렸다.

"그래, 난 과대망상증 환자다. 너 돈이 그렇게 많아? 망할 놈의 자식. 그 많은 돈을 왜 너 혼자 가졌니? 불쌍하고 가엾은 사람들에게 나눠주면 안되니? 야, 이 자식아. 돈 때문에 목숨을 버리는 사람들이 허다한데, 넌 돈 때문에 외롭다고 자랑하는 거야?"

김 사장도 취기가 올랐는지 미현의 항의에 맞받아쳤다.

"야, 너 같은 년들한테 돈벼락을 쳐봐라. 네 년들은 돈만 주워가고 인간 김민재는 쳐다보지도 않을걸? 정신은 썩어 빠지고 그 잘난 몸뚱아리 내세워 남의 돈 갈취하겠다고 나선 년들이 나를 비난해?"

그가 멱살을 잡고 그녀를 안방으로 끌고 갔다.

"그래 나쁜 놈아, 차라리 죽여라. 이놈의 세상에 더 이상 바랄게 없어."

악을 쓰며 고함을 질렀다. 그가 침대 위에 그녀를 집어던지고 옷을 벗기기 시작했다. 반항을 하면 할수록 민재의 손놀림은 격렬해졌다.

"넌 오늘은 내 꺼야. 피 같은 돈 20만 원이나 주고 산, 내 물건이란 말이야. 얌전히 있지 못해!"

"다… 가져라. 몽땅… ….."

실오라기 하나 없이 미현을 벗겨낸 민재는 자신의 옷을 쥐어 뜯듯 벗었다. 체념하고 망연히 그의 행동을 지켜보았다.

그가 점프하듯 침대로 뛰어올라 덮쳤다. 욕정으로 타오르는 그의 몸은 금새라도 불꽃을 피워 올릴 것 같이 뜨거웠다.

한참을 몸을 포개고 거친 숨만 몰아쉬던 그가 귓볼을 살짝 깨물며 속삭였다.

"여보… 용서해 줘."

그 순간 태욱의 얼굴이 머릿속을 가득 채웠다. 미현은 황홀한 전율로 달아올랐다. 그는 민재가 아니라 태욱이었다.

"당신을 사랑해요. 태욱씨, 날 버리지 말아줘요."

그날 밤 미현은 편안하게 잠이 들었다.

햇살이 따갑게 들어와 눈을 떴다. 머리가 깨지게 아팠다. 옆의 사내가 다리를 포개고 코를 골며 곤하게 자고 있었다. 그녀는 화들짝 놀라 침대 아래로 떨어지고 말았다.

광포하리만큼 발악을 하며 김 사장에게 매달렸던 어젯밤의 기억들이 생생하게 꼬리를 물며 전신을 휘감았다.

자포자기한 심정으로 옷을 입었다. 이미 해는 중천에 솟아 있었다. 다방의 티켓 장부에는 오전 나절의 부재가 시간제 티켓비로 기록될 것이었다. 하루 중 반나절을 근무하지 않았으니 10만 원이란 거금을 물어야 할 판이다.

서둘러 욕실로 들어섰다. 자줏빛 타일로 마감된 욕실은 깔끔하게 정리되어 있었다. 하얀 플라스틱 선반 위에 가지런히 올려진 샴푸와 린스, 수건걸이에 반듯하게 펴서 걸어놓은 수건. 물방울 자국 하나 없이 말갛게 청소된 타일 바닥은 반들거리며 윤기가 났다.

넓은 비누갑에 약 산성 비누와 보송보송한 수건은 그녀의 집 욕실에 놓여있던 것과 같았다. 피부가 약한 아이들을 위해 항상 준비했던 것들이었다.

마치 자신의 집 욕실에 들어와 있는 착각에 빠져 흐뭇한 표정으로 거울을 들여다보던 그녀는 소스라치게 놀라 뒷걸음질을 치며 도리질을 하였다.

거울속에는 망가질 대로 망가진 초라하고 경박스러워 보이는 한 여자가 초점 잃은 최악의 상태로 버둥거리고 있었다.

세면기에 머리를 처박고 물을 틀었다. 차가운 물줄기가 정신없이 쏟아져 내렸다. 정수리를 선두로 비누를 꼼꼼히 칠하고 손톱을 곤두세워 두피를 긁었다. 곪아있는 종기를 터트리고 고름부위를 모조리 깎아 내려 새로운 살결이 돋아나길 바라듯이.

지금의 현실을 감당하지 못하겠다고 절규하던 진영과, 가출한 희영, 병상에 누워있는 태욱이 흐릿하게 물줄기를 따라 배수구로 빠져나갔다. 지극히 평범했던 한 여자의 삶만이 아직은 살아 있다고 아우성을 쳤다.

난 살고 싶지 않아. 난 지금 살아 있는 게 아니야. 비누와 수건을 모조리 대야에 쑤셔 넣고 욕실을 나왔다.

*

　공중 전화박스에 들어가 희영이 갈 만한 곳을 여기저기 수소 문해 보았지만 희영의 소식은 들을 수 없었다. 난감하게 전화 박스 안에 한참을 서 있었다.
　시간 티켓비가 부담스러웠지만 다방을 쉬고 아이를 찾아야 한다고 쉬임없이 자신을 설득했다.
　희영의 가출을 방치할 수는 없었다. 하지만 달리 알아 볼 곳 도 없었다.
　큼직한 울음덩이가 치받쳐 올랐다. 가파른 벼랑과 허공 뿐인 믿을 수 없는 공간에 도달한 기분이었다. 앞으로 나아갈 수도 뒤로 물러설 수도 없는 타락과 파멸뿐인 공간에.
　열패감이 와락 솟았다.
　그녀는 울음 덩어리를 조각내기 위해 중얼중얼 혼잣말을 지 껄였다.
　'저 먼 거리 어디 즈음에 분명 평화와 안락이 있을 거야. 내 가 머물렀던 안락의 집을 잠시 저 거리에 맡겨 놓았다고 생각 하자. 용서해. 평화로운 내 집은 곧 나를 찾아 올 거야.'
　한참을 망설이다 미장원으로 들어섰다. 어깨까지 내려오는 머리를 짧게 잘랐다.
　약간의 퍼머기가 남아있어 자연스럽게 웨이브가 진 짧은 머 리는 동그란 얼굴에 제법 어울리는 스타일이었다.

미용사는 참 잘 어울린다며 슬쩍 나이를 물었다. 나이를 다섯 살이나 속였다.

"서른 다섯이에요."

"어머, 나도 그 정도는 되었겠다 짐작했어요."

미용사는 은근히 미현을 무시하면서도 비위를 맞춰 주었다.

양품점에 들러 스판덱스 바지와 니트 티를 샀다. 아직 군살이 붙지 않아 잘 어울렸다. 군살이 붙을 여유가 없기도 했지만.

암갈색 루즈와 파운데이션을 추가로 골랐다. 지금의 형편으로는 호기를 부린 셈이었다. 망설이지 않고 자신의 의지에 의해 물건을 산 적이 한번도 없던 그녀였다. 그리 쪼들리지 않는 과거의 시절에도 자신의 물건을 사려면 여러 날을 망설인 후에 구입하곤 했었다.

마담은 장부에 시간제 티켓비를 손수 기입하자 당연하다는 듯 아무 말이 없었다. 점심을 배불리 먹은 후 정성들여 화장을 하고 새로 사 온 옷을 입었다.

거울 속에 비친 모습은 자신도 놀랄 만큼 화사했다. 큰 숨을 내쉬고 허리에 손을 얹어 한 바퀴를 돌아보았다.

본격적인 돈벌이에 나서리라. 이미 가족들은 그녀의 생활을 손에 쥔 듯 훤히 알고 있었고 벌써 세 명의 사내들이 몸을 스쳐 갔다. 망설일 필요가 없었다. 이 생활이 언제까지 이어질지는 모르지만 태욱이 완쾌할 때까지는 해야 할 것이었다.

완쾌한 몸으로 태욱을 아이들 곁으로 돌려보내는 길만이 상처받은 아이들을 치유할 유일한 치료법이었다.

거만하리 만치 허리를 펴고 홀로 나왔다. 마담에게 웃음을 지은 뒤 자신만만한 모습으로 손님 테이블로 향했다. 진양과 서양이 흘긋 곁눈질하고 놀라움을 금치 못한다는 표정으로 재차 눈길을 주었다.

윙크하듯 그녀들을 향해 한 쪽 눈을 질금 감았다. 손님을 양보하라는 암묵적인 뜻으로 비쳤는지 진양이 일어서 빈 테이블로 갔다.

미현은 교태를 부리며 손님의 허벅지에 한 손을 올리고 천천히 쓸어 내렸다. 앞머리가 시원스레 벗겨진 사내가 움칠 전율했다. 그 순간을 놓치지 않았다. 애교가 넘치는 콧소리를 내며 사내를 유혹했다.

"오빠, 차 드셨어요?"

"아직……."

"그럼 우리 차 마셔요. 저도 한 잔 사주실 거죠?"

"허허허. 그러자구."

다행히 손님은 미현이 마음에 드는 눈치였다. 카운터에 소리쳐 진양과 서양, 박양, 마담의 차까지 주문했다. 사내의 허락은 받지 않았다. 마를 갈아서 우유를 넣은 다방에서 가장 비싼 마즙 차였다.

차를 마시고 두어 시간이 지났는데도 사내는 뭉그적거리며 가지 않았다. 무슨 꿍꿍이가 있는 것은 분명한데 망설이고만 있었다. 슬쩍 사내의 의중을 떠보기로 하고 비싼 위스키를 시켰다. 사내는 그녀 마음대로 차 주문을 해도 개의치 않았다.

"오빠, 우리 스트레스 풀러갈까? 가까운 곳에 노래방이 있는데 시설도 좋고 놀기도 좋아."

"뭐 그러든지……."

말끝을 흐리며 음흉함을 감춘 사내는 독한 위스키를 단숨에 마시고 일어설 차비를 갖췄다.

시간제 티켓을 끊고 대머리의 사내를 따라 다방을 나섰다. 사내는 마을 가장 외진 곳에 자리한, 곰팡내가 풍기는 지하 노래방으로 그녀를 데리고 갔다.

서너 곡의 노래를 부른 사내가 본색을 드러냈다.

"연애 한번 하자. 내 섭섭지 않게 해 줄게."

티켓비 외에 10만 원을 더 요구했다. 선뜻 돈을 손에 쥐어 준 사내는 쇼파 위로 미현을 쓰러뜨렸다. 세 사람이 겨우 붙어 앉을만한 좁은 쇼파에서 속옷을 벗겨 내리기 힘들자 씩씩대던 그는 그녀를 바닥으로 끌어 내렸다. 반주기에서는 사내가 선곡한, 리듬이 빠른 뽕짝 메들리가 흘러나왔다.

사내는 리듬에 맞춰 급하게 일을 치르고 태연하게 두 곡의 노래를 더 불렀다. 화장지로 대충 정액을 닦아낸 미현도 한 곡의 노래를 부르고 노래방을 나왔다.

참으로 쉽고도 간단한 돈벌이었다.

사내가 빠른 걸음으로 계단을 오르며 소리쳤다.

"앞으로 아는 척 하지마."

미현은 계단 참에 서서 주머니에 대충 찔러넣은 돈을 만지작거렸다. 계단을 다 오른 사내는 뒤도 돌아보지 않고 사라져 버렸다.

어깨만 스쳐도 인연이라 했는데, 하물며 몸까지 탐해놓고 그녀의 흔적조차도 기억하기 싫은 듯 했다.

기가 막혔다. 눈물을 흘리며 신나게 몸을 흔들고 뽕짝을 부르다니, 양 다리에 사내를 싣고도 웃음을 지었다니.

"인간이 아니야. 지금의 나는 악마야."

자신도 모르게 어지러운 웃음이 흘러 나왔다. 그 웃음 소리는 괴상망측하고 귀가 먹먹할 정도로 기이했다. 파란 불똥이 튀기는 파열의 소리가 가슴에서 용솟음쳤다.

극심한 상실감에 진저리치던 미현은 돈을 꼭 움켜쥐고 다방으로 향했다. 오전 근무를 하지 못해 장부에 올랐던 시간 티켓비를 마담에게 던져주고 욕실로 들어가 껍질이 벗겨지도록 음부를 씻었다.

사내들은 유혹에 쉽게 넘어가 주었다. 지갑은 날이 갈수록 차 올랐지만, 상실감은 채워지는 지갑만큼이나 그 부피가 늘어갔다. 무게로 가늠할 수 없는 채워짐과 비어짐은 늘 상반된 관계로 정신을 압박해 왔다.

*

진양의 계약 기간 2달이 만료되었다. 마담은 진양이 책임진 외상 장부를 놓고 계산을 하고 있었다.

전형적인 농촌 속에 파고든 작은 상업 지역이었기에 다방의 손님은 한정되어 있었다. 거의가 근처 공단에 근무하는 사람들과 농사를 짓는 노인층이었다. 마담이 외상을 한 손님들을 모르진 않았지만, 손님 테이블에 앉았던 아가씨들이 외상을 책임지는 것이 통례였다.

다행히 수완이 좋은 진양의 외상 값은 그리 많지 않았다. 계산이 끝나자 진양은 미현에게 시간을 내어 달라고 했다. 이미 시간은 자정을 넘어 영업을 마친 시간이었다.

그녀의 짐은 의외로 간단했다. 화장품이 들어 있는 작은 가방 하나와 옷 가방이 전부였다. 다방을 둘러본 진양은 남겨두고 떠나야 할 추억이라도 있는지 5번 테이블에 이르러 걸음을 멈추고 손으로 테이블을 쓸고는 밖으로 향했다.

"들어 와. 오늘밤은 여기서 묵고 가려고."

현대 감각이 잘 배합된 모텔은 얼마 전 새로 신축한 곳이라서 그런지 깔끔하고 현란했다.

진양은 창가에 놓여있는 원목 옷장을 열고 가방을 던져 넣었다.

“지긋지긋해, 이놈의 가방.”

팔짱을 끼고 밖을 응시하며 한참을 서 있더니 진양은 냉장고에서 맥주와 두 개의 잔을 꺼내들었다. 그리고 한 잔에 맥주를 가득 따라 단숨에 마시고 다시 창가로 돌아가 섰다.

“이리와 봐.”

미현은 엉거주춤 일어나 창가로 다가갔다. 차 한 대가 막 모텔 주차장으로 들어서고 있었다.

“저길 봐.”

진양이 가리킨 곳은 어둠 속에 잠긴 민재의 빌라였다. 둘은 약속이나 한듯이 한동안 빌라를 바라보았다.

외관 상으로는 조용하게 풍경을 음미하는 것 같았지만 둘은 긴장감에 쌓여 있었다. 화약 냄새가 진동하는 격전지에서 총탄의 발사 기회를 포착하려는 순간처럼 적막이 흐르는 가운데 두 사람의 신경전이 이어졌다.

옆방에 손님이 들었는지 남녀의 말소리와 문 여닫는 소리가 긴장감을 희석시켰다.

미현은 슬그머니 돌아서 텔레비전을 켰다. 유선방송에서 다이어트 제품을 선전하고 있었다. 채널을 이리저리 돌렸다. 딱히 보고 싶은 프로가 있는 것은 아니었다. 진양의 한 서린 민재와의 관계 속으로 동행하고 싶지가 않아서였다.

한 번도 본 적이 없는 주말 연속극 재방송에 채널을 맞추고 음량을 높였다. 옆방의 소란함과 텔레비전 소리가 두서없이 방안을 누볐다.

진양이 리모컨을 빼앗아 텔레비전을 끄고 빈 잔에 맥주를 따라 연거푸 마셨다.

"작년 이맘때쯤…… 김 사장과 2달 동안 동거를 했었어."

미현은 내심 놀랐지만 태연한 척 맥주 잔에 술을 따랐다. 하얀 거품이 넘쳐 났다. 단숨에 잔을 비워내고 가만히 잔을 내려놓았다. 진양은 또다시 말문을 닫았다. 미현은 텔레비전을 다시 켰다.

앙 다문 입술에 묻어있는 맥주 거품을 손등으로 쓱 닦고 미현을 노려보는 진양의 눈가에 불꽃이 일었다.

"제길, 텔레비전 좀 꺼 봐. 시끄러워서 미쳐 버릴 것 같아!"

발악하듯 소리를 내지른 진양이 리모컨을 내던졌다. 미현은 잔뜩 움추러 들었다.

"내가 김 사장을 뺏었다고 생각하지?"

"태양이 뺏는다고 내가 뺏길 것 같아? 웃기는 소리 작작해."

"궁금해. 얘기해 줘, 김 사장과의 관계."

"직접 물어 봐. 뭐가 그리 궁금해!"

"무엇 때문에 그에게 미련을 두는지 알고 싶어."

진양은 한참동안 창 밖을 쳐다보다 결심이 섰는지 한숨을 쉬고는 고개를 끄덕였다.

"구미 다방에 있을 때였어. 그가 먼저 동거를 제의했어. 그는 다정한 사람이었어. 늦잠을 자는 날 위해 아침을 짓고……."

진양은 목이 메였는지 말을 잇지 못하고 천장 한곳을 뚫어지
게 바라보았다.

"왜…… 헤어졌어. 사랑했다며."

"내가, 참아내지 못했어. 한 달쯤 집안에서만 지내자 좀이 쑤
시기 시작했어. 자유로웠던 다방 생활이 그리워지는 거야. 가
출한 후 줄곧 이 짓을 했으니. 난 선천적으로 요부 기질을 타고
났나 봐. 그가 싫었던 것은 아냐. 익숙함을 벗어나기가 쉽지 않
았던 거지.

그런데 말이야…… 내가 싫어서 버린 그와의 생활이 불쑥불
쑥 떠오르는 거야. 이 생활을 청산하리라 결심하고 그를 다시
찾았을 땐, 그는 이미 그 곳에 없었어.

수소문 끝에 이 곳에서 그를 찾았는데 태양 때문에 그가 마
음이 돌아서 버렸어. 잘못했다고 사정도 해보고, 다시 시작해
보자고 애원도 했지만 그는 매몰차게 거절했어. 너 같은 년들
이제 신물이나 하고 말이야."

"한 번 더 매달려 봐. 나 때문이라면 걱정마. 그는 날 좋아하
지 않아."

"너무 늦었어. 그는 너무 멀리 돌아서 버렸어. 모든 걸 포기
하고 나니까 편안해. 그에게 더 이상 미련 없어."

"이제 어디로 갈 건데."

"나 같은 년이 갈 곳이 달리 있겠어. 이렇게 떠돌아다니다 비
명횡사하는 거지 뭐. 난 한심하게 살아 왔어. 한때는 지극히 평

범한 주부였는데…….”

“집으로 돌아가지 그래.”

“돌아 갈 집이 있다면…… 얼마나 좋을까. 오래 전 내 집은
쪽 났어.”

진양은 서글픈 미소를 짓고 허겁지겁 일어나 옷장 속에 아무
렇게나 던져두었던 가방을 꺼냈다.

한 장의 사진을 거머 쥔 그녀는 목이 메이도록 흐느껴 울었
다. 사진 속에는 젊고 아름다운 여인의 어깨를 두른 건장한 남
자와, 머리를 곱게 땋은 여자아이, 야구복장을 한 사내아이가
함박 웃음을 짓고 있었다. 그들의 모습은 행복해 보였다.

미현은 진양의 등을 어루만져 주었다.

“이렇게 단란한 가정을 두고 왜 집을 나왔어.”

“내가 나쁜 년이었지, 지금 그걸 깨닫다니. 남편의 사업이 번
창하고 가정이 안정되자 내가 할 일이 없어진 것 같았거든. 아
이들도 다 자라 내 손이 필요 없게 되었고 난 모든 것이 시들해
졌어.

밥하고 빨래하고 청소하고 매일 반복되는 일상이 지겨웠어.
난 가정부에 불과 했던 거야. 모든 것을 다 잃어버린 것 같은
허탈감과 공허, 가족들의 삶 속에 내가 존재하는지 의문이 들
정도로 소외감을 느꼈어. 내 삶에 넌더리가 났어.

조울증에 빠져 삶의 의욕을 잃자 남편은 뭐가 부족해서 이러
냐, 집에 들어오기가 지긋지긋 하다는 둥, 너 따위는 아무래도

상관없다는 투로 밖으로 나돌기 시작했어.

이래서는 안되겠다 싶어, 정신을 차리고 친구가 권하는 컴퓨터를 배우기 시작했는데 대화방을 드나들면서 난…… 내가 살아 있다는 것을 알게 되었어. 그 곳은 새로운 세상이었어. 내 고민을 들어주고 위안을 해 주는 곳 이었으니까. 거기서 한 남자를 만났어. 그 남자에게서 남편과 하던 섹스는 그저 종족 번식을 위한 행위에 지나지 않는다는 걸 알게 되었어. 그리고 여러 남자를 만났지.

남편이 늦는 밤이면 사내들과 섹스를 했어. 남편에겐 죄책감도 느낄 수 없었어. 타인과의 만남과 섹스는 이미 내 일상이 되어 버렸던 거야. 더 이상 가족이라는 굴레는 나를 옭아매지 못했어. 그래서 가출을 해 버렸어. 난 이런 여자야."

진양은 텔레비전 채널을 이리저리 돌리다 가요가 흘러나오는 채널에 고정시키고 노래를 흥얼거렸다. 난방이 잘 된 탓인지 불쾌한 온기가 취기를 부추겼다.

미현은 창문을 활짝 열었다. 차가운 공기와 짙은 어둠이 상쾌하게 몰려들었다. 빌라를 바라보았다. 2층엔 불이 꺼져 있었다. 그는 잠이 들었을까. 그의 환한 웃음이 둥글게 떠올랐다. 평범하고 부드러운 웃음이었다.

"김 사장하고 잘해 봐. 괜찮은 사람이야."

진양은 취기 때문인지 억울함과 서운함을 동시에 담은 자신 없는 목소리를 읊조렸다.

“그는…… 손님일 뿐이야.”

미현은 서둘러 빌라에서 시선을 거두고 창문을 닫았다.

“그 사람 아내를 잃었어. 아니, 버렸다고 해야 옳을 거야. 병원만 가면 살 수 있었을 텐데…… . 결혼을 늦게 해서 아내 나이가 좀 많았는데 초산이라 임신 초기부터 임신 중독증으로 고생을 했나 봐.”

“돈이 많은 사람이라면서, 왜?”

“지금은 그렇지…… . 한참 증권시장이 호황을 누릴 때 증권에 손을 댔었나 봐. 작은 공장을 하고 있었는데 증권 때문에 공장마저 남의 손에 넘어가고 말았대.

남들은 대박이다, 일확천금을 벌었다, 소문은 무성한데 공장까지 넘어가게 되었으니 오기가 생겼던 거지. 그래서 이리저리 빚을 끌어오고 신용카드로 현금 서비스도 엄청나게 많이 받아서 투자를 했나 봐.

김 사장이 매입한 증권가가 한참 오를 때 임신한 아내가 아팠던 거야. 조금만 더 있으면 돈이 줄줄이 딸려 오는데 팔 수가 없었던 거지. 눈이 뒤집혀 아내와 아이는 안중에도 없었나 봐. 결국 아내가 죽는 날, 대박을 터트렸대. 소설에나 나옴직한 한심한 스토리지?”

여섯 병의 맥주가 바닥이 났다. 진양은 성이 차지 않았는지 빈 병을 들어 혓바닥에 대고 톡톡 털었다.

“충고 하나 할까?”

야유가 담긴 진양의 눈은 게슴츠레 반쯤 감겨 있었다.

"……"

"남편 치료비 때문에 이런 생활을 한다고 들었는데 부질없는 짓이야. 남자란 인간은 여자와는 달라. 남편이 완쾌하게 되면 태양의 희생을 인정할 것 같아? 아니…… 아냐. 가끔은 고맙게 생각할지 모르지만 아내로 받아들이진 않을 거야."

"난 내가 어떻게 되든 상관 안해. 그가 완쾌해서 아이들에게 돌아갈 수만 있다면 된 거야."

진양은 가소롭다는 투로 허탈한 웃음을 지었다.

미현은 어쩌면 진양보다 자신이 더 행복한 사람인지 모른다는 생각이 들었다. 자신에겐 돌아갈 집이 있으니까.

진양과 밤을 세운 탓인지 등줄기에 식은땀이 흐르며 온몸이 녹진하게 피로했다. 희영의 가출 소식까지 겹쳐 마음과 몸, 전신이 개운치 않았다. 점심시간 끝이라서 배달은 끊임없이 밀려들었다.

막 배달 보따리를 들고 나가려던 참이었다. 휴대폰이 울렸다. 밝고 경쾌한 벨소리가 갑자기 음울하게 귓전을 파고들었다.

아이들과 통화를 하기 위해 장만한 휴대전화였다. 가끔 희영이가 걸어오긴 했지만 영업이 끝난 시간에 통화를 할 수 있다고 일렀기에 낮에 오는 경우는 거의 없었다. 심상치 않은 예감이었다.

"강희영 어머니 휴대폰입니까?"

다소 강하고 경직된 남자의 목소리가 흘러 나왔다.

"여긴 대전 경찰서입니다. 좀 와 주셔야 되겠습니다."

남자는 간결하게 용건을 말하고 전화를 끊었다.

경찰서와 희영, 희영이가 경찰서에…… 냉혹하고 음습한 바람 한줄기가 의식을 휘감았다. 배달 보따리를 주방에 대충 던져 놓고 마담이 앉아있는 카운터로 향했다. 심장이 쿵쾅거려 불길한 예감을 진정할 길이 없었다.

마담은 미현이 다방을 비울 것이라는 사실을 이미 눈치 챈 듯 영업 티켓비를 기입하는 장부를 내밀었다. 떨리는 오른손을 왼손으로 붙잡고 부재 시간을 적어 넣었다.

출입문을 열자 막 다방을 들어오던 손님이 앞을 가로막았다. 잠시도 지체할 틈이 없어 손님의 어깨를 밀치며 그대로 달려나 갔다.

넓은 도로가 가까워질수록 희영에게 일어난, 심상치 않은 직감이 의혹으로 증폭되어 뇌리를 아수라장으로 만들었다.

'대전 경찰서라니, 왜 희영이가 대전까지 간거지?'

꼬리를 무는 궁금증에 마음은 조급해졌지만 차들이 끊임없이 밀려와 쉽사리 도로를 건너지 못했다. 인도에서 차도로 내려섰다. 차가 뜸하면 달려나갈 요량으로 조금씩 도로를 향해 발을 내딛었다. 획획 빠르게 스치는 차들의 속도감이 어지럼증을 일게 했다.

클렉션을 울리던 차 한 대가 멈춰서 운전자가 뭐라고 소리를 질렀다. 그를 돌아볼 겨를이 없었다. 희영이 공포에 떨고 있을 경찰서의 광경만이 불쑥불쑥 떠올랐다.

"무슨 일이요?"

멈춰 선 차 안에서 김 사장이 소리를 질러대고 있었다. 미현은 다짜고짜 조수석 문을 열고 올라탔다.

"대전 경찰서로 가 주세요."

민재는 묵묵히 차를 돌려 반대 차선을 향해 조심스럽게 진입했다.

"좀 더 빨리 갈 수 없어요?"

주제 파악도 못하고 그에게 짜증을 부리고 말았다. 그는 고개를 끄덕이고 속도를 내기 시작했다. 고속 도로어 진입해서야 그가 조용하게 물었다.

"대전에는 왜 가려고 하오?"

"희영이가 대전 경찰서에 있대요."

"희영이라면…… 딸아이요?"

"네."

민재는 액셀레이터를 힘차게 밟았다. 미현은 그의 마음 씀씀이가 고맙기도 하고 미안하기도 해, 그를 외면한 채 창 밖으로 고개를 돌렸다.

많은 차들이 경쾌하게 도로를 누볐다. 나름대로 여러 사연들을 지니고 바쁜 일과를 재촉하겠지만 다들 평화로워 보였다.

자신만 주위에 산적한 문제들로 인해 편안하지 못한 것 같았다. 그런 탓에 그들이 마냥 부럽기만 했다.

백미러를 통해 뒤따라오는 승용차 실내가 훤히 들여다보였다. 남편인 듯한 젊은 운전자가 계속 뒤를 돌아보며 즐겁게 대화를 나누고 있었다. 어린아이를 안은 여자는 무엇이 그리 즐거운지 함박 웃음을 풀었다.

나에게도 저런 시절이 있었어. 그래…… 분명 있었어.

좀처럼 백미러에서 눈을 뗄 수가 없었다.

"휴게소에서 잠시 쉬었다 가야겠소."

금강 휴게소가 다가오는 지점이었다.

"그냥 가주세요. 한시가 급해요."

"그런 모습으로 경찰서에 들어갈 자신이 있소? 딸아이가 당신의 모습을 보고 반갑게 맞아줄지 의문이오."

미현은 자신의 모습을 훑어보았다. 급하게 나오느라 차림새까지 신경 쓸 겨를이 없었다. 착 달라붙는 스판덱스 바지와 목선이 넓게 패인 니트 스웨터 위에 대충 점퍼를 걸친 모습은 평범한 주부의 스타일은 아니었다.

어느 누가 보더라도 유흥업소에 종사하거나 타락한 여자임을 한눈에 알아볼 예사롭지 않은 스타일이었다. 티슈를 빼내 붉은 루즈를 대충 지우고 눈 주위에 번져있는 아이라인을 닦았다.

"신을 바꿔 신어야겠소. 옷이야 어쩔 수 없다지만…… 휴게소에서 작은 트럭에 신발과 모자, 잡다한 차량 용품을 실어 팔고 있는 걸 본적이 있소."

그는 휴게소에 들어서자 차를 세우고 하얀 운동화 한 켤레와 샌드위치 두 조각을 사 가지고 왔다.

"마땅한 신발이 없구려. 대충 이거라도 갈아 신겠소? 하이힐보다는 나을 것 같은데……."

중앙에 작은 유리알이 박힌 밤색 하이힐을 벗어 운동화와 바꿔 신었다. 사려 깊게 미현을 배려하는 그의 마음 씀씀이가 한없이 고마웠지만 내색하지 않았다.

자존심 때문이 아니었다. 자칫 그에게 기대 버릴 것 같은, 아무에게나 의지하고 싶은 나약함이 두려웠기 때문이었다. 너무나 많은 짐을 짊어진 고단한 삶은 때때로 의지를 분열시켰다.

*

희영은 경찰서 조사실에 앉아 있었다. 인상이 험악한 형사가 컴퓨터 자판을 두드리고, 희영이 또래의 여자아이 둘이 고개를 푹 숙인 채 형사의 질문에 식은땀을 비 오듯 쏟아내고 있었다. 희영은 미현을 보자 싸늘하게 쏘아보더니 반대편으로 고개를 돌렸다.

"이 아이 어머니 되십니까?"

"네."

희영을 보자 목소리조차 제대로 나오지 않을 만큼 참담해졌다.

"머리에 피도 마르지 않은 것들이 남자를 꼬셔? 내 참, 기가 막혀서. 야 임마, 너희들 학생이지? 학교에 연락해 죄다 퇴학시킬 거야. 각오하고 있어."

형사는 아이들을 무섭게 혼냈다.

희영은 PC방을 들락거리며 대화방을 통해 사귄 남자들과 원조교제를 하자며 여관으로 꼬여, 미리 선불을 받고 남자가 목욕을 하는 사이에 도망을 치는 수법으로 돈을 갈취하다 붙잡힌 것이었다.

희영은 형사가 압수한 증거품을 아쉬운 표정으로 살피더니 금반지를 집어들었다.

"이 반지는 돌려주세요. 내 거란 말이에요."

형사가 희영의 손을 탁 쳤다.

"너 계속 거짓말 할래? 학생이 무슨 돈이 있어서 금반지를 장만해. 저 사람 거라잖아."

"엄마가 급한 일이 있을 때 비상금으로 쓰라고 주신 반지에요."

철우와 동거를 시작한 그 해 희영이 어떻게 알고 그 집을 찾은 적이 있었다. 희영은 도저히 믿을 수 없는, 미현과 철우의 동거를 원망하며 울부짖었다.

그 때 미현은 희영에게 태욱이 생일 선물로 사 준 반지와 브로치를 건네주며 자신에게 처한 상황을 차근차근 설명해 주었다. 그리고 약속해 주었다. 꼭 아빠를 완쾌시켜 너희들 곁으로 돌려보내 주겠다고.

눈물과 분노가 범벅이 되어 다시는 엄마를 보고 싶지 않다고 심한 배신감을 호소했던 아이는 아빠를 버리지 않는다면 엄마를 이해해 보겠다는 말을 덧붙이며 언덕을 내달렸다. 그것은 분명 미현이 준 반지였다.

"제가 아이에게 준 거예요."

"사실입니까?"

"네."

희영은 그 때의 일이 떠올랐는지 다소 누그러진 말투로 형사에게 중얼거렸다.

"그것 보세요. 어른들이 거짓말을 더 잘 친다구요."

의기양양하게 거짓말을 하던 사내는 슬그머니 말꼬리를 감추었다.

다행히 희영은 훈방 조치되었다. 원조교제를 빙자한 사기는 인정되지만 아직 어린아이이고 사내들과 성 관계는 하지 않았기에 범죄에 성립될 죄는 아니었기 때문이었다.

경찰서를 나오자 희영과의 실랑이는 미현을 더욱더 벼랑 끝으로 몰고 갔다.

희영은 목적을 이루기 전에는 집으로 갈 수 없다고 완강하게 고집을 부려 심사를 뒤틀리게 했다. 급기야 아이를 우격다짐으로 차에 밀어 넣었다. 한동안 투덜대던 아이는 민재를 아니꼬운 듯 바라보며 엄마의 존재를 멸시했다.

"저 아저씨는 새로 생긴 놈씨야? 제법 멀쑥한데?"

미현은 희영의 따귀를 올려 부쳤다. 더 이상의 인내심은 한계에 도달해 있었다.

"왜 때려. 날 때릴 자격이나 있어? 엄마가 나한테 해 준게 뭐가 있어."

희영은 악을 쓰며 발버둥을 쳤다. 운전석이 발길질에 위태롭게 들썩였다. 견디다 못한 민재는 슬그머니 차 문을 열고 밖으로 나가 버렸다.

"난 아무 것도 가질 수 없었어. 친구들 틈에 낄 수가 없었다구."

아이는 설움이 복받쳤는지 목놓아 울기 시작했다. 또래의 아이들이 원하는 지극히 평범한 바램이었지만 언제부터인가 자신으로부터 멀어져간 그 소망을 위해 아이는 돈벌이에 나선 것이었다. 비록 방법이야 정당치 않았지만 아이의 심정을 이해할 수 있었다.

욕구불만에 가득 찬 아이는 그 원망을 부모에게 돌리기 이전에 나름대로의 해결책을 강구했던 것 같았다.

이제 겨우 열 네 살인 아이가 제 몸을 이용해 돈을 벌려고 했다니. 지금 벌어지고 있는 현실이 자신의 삶의 일부분이라니. 미현은 도저히 믿고 싶지 않았다.

한참을 울부짖던 희영이 잠잠해지자 아이를 살며시 끌어안았다. 아이는 몇 번 미현을 밀어내었지만 화를 누그러뜨렸다.

"희영아, 돈이 필요하면 엄마한테 말하지 그랬니."

"더러운 돈은 필요없어. 내 힘으로도 얼마든지 벌 수 있으니까."

아이의 싸늘한 태도를 도외시하고 강한 힘을 실어 명령조로 말했다.

"앞으론 돈이 필요하면 엄마에게 전화해! 또다시 이런 일이 일어난다면 용서하지 않을 거야."

"돈? 물론 돈은 필요해. 하지만 내가 참을 수 없는 것은, 친구들이 날 예전처럼 대하지 않는다는 거야. 돌아서 버린 친구들 환심을 사기 위해서 돈으로 처바를 궁리를 해야 한다니. 웃기지 않아? 다시는 엄마에게 도움을 청하지 않을 거야. 그러니까 날 설득하려고 애쓰지 마."

희영을 집으로 데려다 주기 위해 민재는 예천으로 차를 몰았다. 그는 마을을 잇는 다리를 지나 한적한 곳에 차를 세웠다.

"여기서 기다리고 있겠소. 마을까지 함께 갈 수는 없는 일 아니오."

희영은 마을을 관통해 흐르는 내성천을 내려다보며 미현의 시선을 외면했다. 우격다짐으로 끌어 잡은 손아귀는 축축이 젖어 아이가 편안하지 못하다는 걸 알려 주었다.

"강가로 가. 도로엔 동네 사람들이 오고가는데 뻔뻔스럽게 얼굴 쳐들고 갈 수 있겠어?"

희영은 성큼성큼 개천으로 내려갔다.

겨우내 쌓여 녹지 못한 눈들이 기온이 오르자 녹아내려 흥건히 물기가 고여 질척거렸다. 하얀 운동화도 금새 흙물이 배여 얼룩이 졌다.

"희영아, 너 생각나니?"

뜬금 없는 질문에 희영은 잠시 걸음을 멈춰서 하늘을 올려다보았다. 한 무리의 구름 떼 사이로 막 서산을 넘으려는 해가 장렬히 서광을 내뿜고 있었다. 아이가 손 차양을 만들어 이마를 짚고 신경질적으로 소리를 질렀다.

"과거는 끌어내지 마. 날 회유하려고 들지도 마. 엄마가 엄마 마음대로 행동 하듯이 나도 내 마음이 있는 거야. 엄마를 생각하면 화가 나. 너무나 이기적이야. 오빠와 나를 생각해 본 적이 있어? 엄마로 인해 고통받는 우릴 도대체 알기나 하냐구!"

미현은 둑길에 주저앉아 마른풀을 뜯어냈다. 남은 인생도 마른풀처럼 쉽게 뜯어버릴 수 있다면, 그럴 수만 있다면 모조리 뜯어버리고 싶었다.

"살다보면 생의 단 한 사람, 사랑하는 사람이 생겨. 그 사람에게는 그 무엇을 주어도 아깝지가 않아. 인간의 가장 고귀한 생명까지도……."

"그래서? 그 사람 때문에 몸을 판다고? 사랑하는 사람이 생기면 다들 그렇게 해야 하는거야?"

"희영아!"

"그 단 한 사람이 아빠는 아닐테지? 엄만 날 속이고 있어. 엄마에겐 철우 아저씨도 있었고 저 사람도 있잖아. 세월이 흐르면 상대도 바뀌는 거야? 단 한 사람이 둘도 되고 셋도 된다는 거냐구? 말도 안 돼. 엄만 부정한 여자이기 때문에 상대가 수시로 바뀌는 거 아냐?"

마른풀이 뽑혀나간 자리를 두들겨 단단하게 메웠다.

"그 단 한 사람은 아빠야."

희영은 깔깔거리고 비웃었다.

"정말 웃겨. 엄마가 배우야? 내 앞에선 연기하지 마. 아빠가 사경을 헤매고 누워있을 때도 엄마는 철우 아저씨와 함께 살았고 지금도 저 놈 씨와 놀아나잖아. 아빨 사랑한다면 적어도 아빠 앞에서 그런 짓거리는 안 했어야지. 보기도 싫고 듣고 싶지도 않아. 죽고 싶을 정도로 엄말 증오해."

아이의 불신감은 생각보다 깊었다.

손놀림의 속도를 높여 바닥을 힘차게 두드렸다. 손톱 사이로 파고든 흙이 점점 더 깊이 박혀 들었다. 아릿한 통증이 손끝을 점령해 전신으로 퍼져 나갔다. 목구멍을 밀치고 올라오는 통증을 가까스로 누르고 땅 다지기를 멈추었다.

자신을 위한 변명이 아니라 증오심과 불신으로 가득 찬 아이의 마음을 녹여 주기 위해 미현은 새로운 변명을 만들어야 했다.

"아빠 때문이라고는 말하지 않겠어. 엄마도 행복해지고 싶어. 아빠가 불행하면 엄마도 불행하니까. 희영아, 엄마를 좀 봐. 아빠를 살려야 해.

그러기 위해선 돈이 필요해, 아주 많이. 그래서…… 엄마는 돈을 벌고 있는 거야. 아빠를 버린 게 아니야. 아니, 버리지 않을 거야, 영원히."

아이는 고개를 푹 숙였다. 울고 있는 것 같았다. 조심스럽게 숨을 몰아쉬며 벅찬 감정을 조금씩 삼키고 있었다. 서서히 어둠이 몰려들었다. 빛의 성채를 실어 나르던 내성천 물결이 차츰 잿빛으로 변해갔다. 미현과 희영은 나란히 앉아 물결을 바라보았다.

진영이 열 살, 희영이 여덟 살 되던 일요일 어느 봄 날, 가족은 내성천으로 소풍을 온 적이 있었다. 늘 보아온 내성천 이었지만 그날 따라 물결은 더 없이 아름다웠다.

태욱과 진영은 반두를 던져 작은 물고기를 잡고 희영과 미현은 파릇하게 돋아난 쑥을 뜯었다. 반두에 잡힌 물고기를 망에 담으며 진영은 연신 환호성을 질렀다.

호기심이 많은 희영은 뜯던 쑥을 팽개치고 오빠 곁으로 달려가 망에 담긴 물고기가 불쌍하다며 엉엉 우는 통에 진영이도

동생에게 뭐라 말도 못하고 물고기를 놓아주고 말았다.

점심을 먹고 난 후 태욱은 언제 챙겨왔는지 하모니카를 미현에게 건네주었다.

"이렇게 아름다운 날 음악이 없다면 흘러가는 물결이 고단하겠지? 너희들 뭐하니? 노래 부를 준비 끝났니?"

아이들이 태욱과 미현의 곁에 나란히 앉았다. 태욱의 반주가 시작되었다.

"자, 아빠가 하나 둘 셋, 숫자를 외치면 일제히 노래를 시작한다. 제목은 즐거운 나의 집."

"즐거운 곳에서 날 오라 하여도 내 쉴 곳은 작은집 내 집뿐이리……."

아이들의 목소리는 우렁찼다. 그 시절은 그 어떤 불행도 감히 넘보지 못할 정도로 행복했고 단란한 가정이었다.

어둠이 몰려들었다. 더 늦기 전에 희영을 집으로 돌려보내야 했다. 희영은 한곳을 응시한 채 생각에 잠겨 미동도 않고 앉아 있었다.

살며시 아이의 어깨에 손을 둘렀다.

"추워지는구나. 감기 들라, 그만 가야지."

몸을 한차례 부르르 떤 아이는 그녀의 손을 앙칼지게 떨쳐냈다.

"내 몸에 손대지 마, 더러워!"

　허공에 버려진 손을 얼른 거둬들였다. 분노가 얼마나 깊었으면 손만 닿아도 치를떨까, 무안하고 민망해 아이의 얼굴을 쳐다 볼 수 없었다.

　"더 이상 변명하지 마. 죽어! 차라리 죽어버려. 저 강물에 빠져 죽으란 말이야!"

　희영이 그녀의 등을 세게 떠밀었다. 무방비 상태로 앉아있던 그녀는 언덕 아래로 곤두박질치고 말았다. 눈앞에 불빛이 번쩍 일고 강한 충격이 이마에 부딪혔다.

　안간힘을 다해 일어나려고 했지만 희영이 먼저 언덕 아래로 달려와 쓰러진 그녀를 걷어차며 강변으로 내몰았다.

　지친 몸은 바람 빠진 고무공처럼 이리저리 굴렀다. 희영의 힘을 감당하지 못할 정도로 그녀는 몸과 마음이 지쳐 있었다.

　엄마가 방어할 능력이 없다는 것을 알고 희영은 그 여세를 몰아 더욱더 격분했다. 그녀는 간신히 남은 힘을 모아 애원했다.

　"희영아…… 이러지 마."

　"내 손으로 죽일 거야! 이렇게 살아서 뭐 해. 차라리 죽는 게 나아."

　삐죽이 솟은 돌 뿌리들이 그녀의 몸을 들쑤셨다. 이마에서 흘러내린 핏방울이 얼굴을 타고 입안으로 고여들었다.

　시커먼 강물로 엄마를 내몬 희영은 온 힘을 다해 강물로 밀어 넣었다. 거대한 입을 벌린 강이 그녀를 꿀꺽 삼켰다. 숨이

탁 멈추고 정말 죽을지도 모른다는 공포가 번개처럼 스쳤다.
허우적거리며 기를 쓰고 물 위로 떠올랐다.

"안 돼, 아직은 죽을 수 없어! 희영아 살려 줘."

강물 속을 빠져 나오려는 그녀를 희영은 발로 밟아 물 속으
로 다시 밀어 넣었다. 희영은 이성을 잃어 가고 있었다.

"하루에도 몇 번씩 창고에 숨겨둔 농약병을 떠올리고, 밤마
다 수면제를 사서 모으는 내 심정을 엄마가 알아? 시퍼런 강물
속에 뛰어들어 죽어버리자고 수도 없이 다짐하는 심정을 알고
있냐구!

추운 날에도 늦은 밤까지 거리를 배회하다가 동네 사람들이
모두 잠이 든 후에야 도둑 고양이처럼 집안으로 기어들어야 하
는 내 심정을 엄마가 알기나 해? 친구들의 놀림, 비웃음, 외면
을 엄마가 알아? 죽어! 나 대신 엄마가 죽어! 엄다만 죽으면
오빠와 나는 마음 편히 살아 갈 수 있어! 그러니 죽어!"

숨이 막혀왔다. 이대로 죽어서는 안 된다는 강박관념이 꺼져
가는 정신을 일으켜 세웠다. 부릅뜬 두 눈에 흐릿한 희영의 발
이 보였다.

오로지 물 속을 빠져 나와야 한다는 일념으로 희영의 발을
들어올렸다. 그녀는 필사적으로 엉금엉금 기어 나왔다.

모로 쓰러져 악을 쓰며 울던 희영은 근처의 돌들을 집어 그
녀를 향해 마구잡이로 던졌다.

무수한 잔별들이 쏟아져 내려, 날카로운 얼음 조각으로 변해

온몸을 찔러대는 것 같은 아픔이 모여들었다. 가물가물 의식이 멀어졌다. 희영의 울음소리도 차갑게 전신을 훑었던 강물의 시림도 느낄 수 없었다.

얼마나 시간이 흘렀을까. 절규에 가까운 희영의 음성이 들려왔다.

"엄마, 정신차려! 눈 떠봐!"

자꾸만 처지는 눈까풀을 들어 올렸다. 희영이 물먹은 솜처럼 푹 꺼진 그녀의 몸뚱이를 질질 끌고 어디론가 가고 있었다.

울퉁불퉁하고 날카로운 것들이 옷깃을 찢고 살갗을 파고들었다.

"아파…… 너무 아파. 나를 좀 놔 줘."

자신도 모르게 신음과 중얼거림이 새어 나왔다. 의식이 돌아온 것을 알아차린 희영이 귀에 얼굴을 갖다 대고 속삭였다.

"가증스럽긴. 쇼를 한 거지? 왜! 죽는 게 겁났어?"

몸을 추스르고 무릎을 꿇고 앉아 이마를 조아렸다. 또다시 희영의 분노가 살아난다면 끝내 아이와의 단절은 이어지지 않을 것 같았다.

"네 앞에 무릎을 꿇은 여자가 네 엄마야. 이렇게 초라하고 보잘것 없는 여자가 엄마의 진짜 모습이야. 그러니 어쩌겠니…. 네가 엄마의 존재를 가엾게 여겨서……."

"제발! 아무 소리도 듣고 싶지 않아."

엉금엉금 기어서 아이 앞에 바짝 다가갔다.

"다가오지 마. 떨어져!"

아이는 뒤로 물러나다 뒹굴고 말았다. 아이는 바닥에 엎어져 통곡했다.

희영의 울음소리는 대기를 흔들고 차츰 음산한 곡소리로 변해 잦아들었다. 그녀는 눈물로 호소했다.

"미안하다. 미안해. 미안해……. 널 이렇게 아프게 하다니. 어떻게 용서를 빌까. 어떻게 하면 네가 편해지겠니. 네가 죽으라면 죽을게. 하지만 아직은 죽을 수 없어."

얼어붙은 입술을 간신히 열어 희영을 설득했다. 흐느끼던 희영이 꼿꼿이 일어서 소리쳤다. 희영의 분노는 수렁처럼 깊었다.

"난 엄마 때문에 죽고 싶은데, 살고 싶다고? 엄마가 살아야 하는 이유가 뭐야!"

"너희들을 위해서…… 우리 가족 모두를 위해서야. 희영아, 정말이야."

"난 엄마를 믿지 않아. 아무도, 아무 것도 믿지 않아!"

"알아, 알아. 네가 얼마나 아픈지, 얼마나 고통스러운지. 그렇지만 아빠는 살려야 되잖니. 너도 아빠없이 살아갈 수 없잖아. 조금만 더 참자. 꼭 아빠를 살려서 예전처럼 행복하게 살자. 그때까지만 기다려 줘."

"아빠가 돌아와도 난 행복해지지 않아!"

"그렇지 않아. 우리는 다시 행복해질 수 있어."

희영의 눈에는 울분과 분노의 눈물로 가득했다.

"동네 사람들은 내 뒤통수에 대고 수근거려. 엄마가 동네 사내들을 몇이나 잡아먹었는지 어떻게 아냐고. 그럴 때마다 내 가슴이 얼마나 미어지는지 엄마가 알아?

아랫동네 바보 창식이마저 치근덕거린단 말이야. 수도 없이 날 세뇌시켜. 우리엄마는 그런 여자가 아니다, 절대 그럴 리가 없다. 그런데도 용서가 안 돼. 엄마를 이해할 수 없단 말이야!"

"맞아, 네 말이 다 맞아. 천박하고 불결하고…… 엄마는 변했어. 엄마가 왜 그렇게 되어 버렸는지 한 번쯤은 생각해 줘. 그리고……."

"말하지 마! 말하지 마!"

아이는 두 주먹을 불끈 쥐고 덤벼들더니 둑을 향해 달려갔다.

돌부리에 걸려 넘어지면 오뚝이처럼 일어나서 허겁지겁 멀어져 갔다.

짙은 어둠이 희영을 삼켜 버렸다. 무심하게도 희영은 끝내 그녀의 진심을 무시하고 사라지고 말았다.

단 한순간도 아버지가 없는 아이들을 생각해 보지 않았다. 아버지를 잃은 아픔을 참기가 얼마나 힘겨운 것인지 그녀는 너무나 잘 알고 있었기에 아이들을 위해 꼭 태욱을 아이들 곁으로 보내야 했다. 그것이 그녀의 유일한 소망이었다.

"엄마도 이렇게 살고 싶지 않아. 그렇지만…… 아직은 너희들을 위해 살아가야 해."

그녀의 애절한 흐느낌은 오래도록 지속됐다. 매서운 바람과 추위가 그녀의 가녀린 육체를 휘몰고 지나갔다. 얼어붙은 몸은 서서히 바닥으로 기울어졌다.

어둠이 내려도 오지 않는 미현을 찾으러 김 사장은 강둑에 도착했을 때, 희영이 강둑을 급하게 오르고 있었다. 김 사장은 쏜살같이 달려가는 희영의 행동에서 그녀에게 무슨 일이 일어났는지 어렴풋이 짐작이 갔다.

미현은 강변에 옹크리고 쓰러져 있었다. 산발이 된 머리카락과 이마에서 흘러내리는 피, 축축히 젖어 살얼음이 얼어붙은 점퍼는 그녀가 얼마나 호되게 당했는지 여실히 드러내고 있었다. 그녀는 처참한 몰골로 신음을 토해내고 있었다.

"이봐, 이봐요. 정신차려요."

"희영아, 살려 줘…… 살려 줘."

그녀를 들쳐업고 차를 향해 뛰었다. 그녀는 등에 매달려 살려 달라고 애원하고 애원했다.

김 사장은 자신의 집으로 그녀를 데리고 왔다. 밤새 상처를 치료하고 고열에 들떠 헛소리를 해대는 가엾은 미련을 극진히 보살폈다.

이른 아침 정신을 차린 그녀는 아무 일도 없었다는 듯이 태연하게 출근 준비를 서둘렀다. 온몸이 타박상으로 멍들고 찢겨 성한 곳이 없는 여자가 어디서 저토록 강인한 정신력이 되살아 나는 것인지 도무지 이해 할 수 없었다.

그녀의 삶에 대한 의지는 김 사장에게 너무도 많은 것을 깨우치게 해 주었다. 김 사장은 울컥 치미는 울음을 가까스로 삼켰다.

"그 몸으로 출근하려는 거요?"

"쉬게되면 티켓비가 올라갈 거예요. 참을 만 해요."

어처구니가 없어서 말문이 막혔다.

"몸이야 옷으로 가린다지만 이마의 상처와 눈두덩의 멍은 어떻게 할거요. 색안경을 쓸거요?"

"짙은 화장으로 감추면……."

"이봐, 이봐요."

김 사장은 손을 휘저어 그녀의 말꼬리를 끊었다.

"당신이 가야 할 길이 이런 것이었소? 제 몸보다 더 중요한 것이 돈이었소? 도대체 당신이란 여자를 이해 할 수가 없소."

그녀는 대답이 없었다. 부어터진 입술만 이빨로 꼭꼭 깨물었다.

"당신이 처한 상황을 잘은 모르지만, 당신이 가야 할 길은 너무도 험난한 것 같소. 그래도 가려는 거요? 혼자서 갈 수 있겠소?"

"가야 해요."

"이유가 뭐요."

"나에겐 가족이 있어요. 가야 할 길이 고단하다고 가족을 버려야 하나요?"

그녀는 조금도 흔들림없이 단호하게 대답했다. 김 사장은 그녀의 굳은 의지에 화가 났다.

"당신의 가족들은 당신의 희생을 인정하지 않는데, 무엇을 위해 가려는 거요?"

"내 집의 행복을 찾아야 해요. 더 이상 상관하지 말아요."

김 사장은 가슴이 뭉클해져 더 이상 그녀를 쳐다보지 않았다. 그가 그녀에게 해 줄 수 있는 일은 그녀를 따뜻하게 안아주는 것 뿐이었다.

"내가 도와주겠소. 당신이 필요한 모든 것을. 돈도, 사랑도 주리다. 이봐요, 당신이란 여자는 날 울리고 있소."

갸날픈 잎새

　암흑 속을 헤매는 동안 새로운 정권이 바뀌었고 새로운 세기를 맞았다. 그러나 시국은 조금도 변하지 않고 환란 계승은 당연한 듯 여전히 혼란스러웠다.

　사고 전처럼 서민들의 한탄과 농민들의 원성은 날이 갈수록 높아져 갔지만 지금 그에게 사고전의 열정은 남아있지 않았다.

　연일 매스컴을 메우는 농가 파동, 민주노총 파업, 대기업 직원 감원설을 목청 높여 보도하는 뉴스 시간에 환자들은 열을 올리며 정부를 성토했다.

　태욱은 나라가 망하건 흥하건 관심이 없었다. 앵커의 건강한 육체만이 마냥 부럽기만 했다.

　미현은 슬며시 병실을 나왔다. 휠체어를 밀고 병원 주차장까지 와서 인적이 뜸한 곳에 멈춰 섰다. 환자복만 입었는데도 춥지 않았다. 벌써 완연한 봄기운이 물씬 풍겼다.

화단 한 곁에 막 새순이 돋기 시작한 아카시아나무 한 그루가 눈에 들어왔다. 아카시아 꽃을 좋아하는 사람이 옮겨 심은 것인지, 자연 파생한 나무인지, 병원 내에 아카시아나무가 있다니 생경한 풍경이었다.

가냘픈 가지에서 옹골지게 돋아난 싹은 금새라드 기지개를 펼 듯 몸을 옹크리고 있었다.

'어쩌자고 이 곳까지 와서 뿌리를 내렸을까.'

휠체어를 밀어 나무 근처로 다가갔다. 벚나무와 벚나무 사이에 천덕꾸러기처럼 서 있는 아카시아나무에는 아무도 눈길을 주는 사람이 없었다.

새순 하나를 조심스럽게 만져 보았다. 여리고 가냘픈 잎새는 그의 손길을 타자 가늘게 전율했다.

화들짝 놀라 잎새에서 손을 거뒀다. 저 여린 잎새는 내 손에 의해 생명이 끊어지고 이어지겠지. 타인에 의해 내 인생이 돌변한 것처럼.

돌이켜보면 참으로 어처구니가 없는 노릇이었다. 길을 따라 달려가기만 하면 미래는 곧 손에 잡힐 듯 훤히 내다보이는 곳에 있으리라 생각하며 곁눈질 한번 하지 않고 달려가던 인생이었다.

순탄한 길에도 굽은 도로가 있듯이 한동안 자신이 택한 길을 되돌려 보려고 고민하는 일도 횡행했지만 누구나 겪을 수 있는 일이었기에 당연한 인생의 논리로 받아들였었다.

그런데 이지경이 되어 버리다니. 어디서부터 잘못되었는지 도무지 받아들여지지 않았다.

의식이 돌아오고 가장 먼저 시야에 들어온 사람은 친구 철우였다. 아내의 어깨를 감싸고 그를 내려다 보고있던 철우. 아내의 해맑은 웃음.

태욱은 끓어오르는 적개심에 소스라치며 아카시아나무를 다시 올려다보았다. 나무는 목숨의 끈을 놓지 않으려고 발버둥쳤던 자신과 별반 달라 보이지 않았다. 제 자리가 아니면서도 끈질기게 생명 줄을 이어가는 질기고 질긴 목숨.

그에게 천형과도 같은 형벌이 내려진 것은 우연이 아니었을까. 저 아카시아나무가 타인의 손에 의해 뿌리 채 뽑혀, 제가 살아가야 할 땅이 아닌 이 곳으로 옮겨진 것처럼.

"아직 쌀쌀할 텐데, 왜 나와 있어요."

화사하게 치장을 한 가희가 차 키를 손가락에 끼워 빙빙 돌리며 다가왔다.

"다녀간지 얼마나 됐다고 또 왔어."

그녀가 다정스럽게 흐트러진 머리카락을 다듬어 주었다.

"자주 오면 안되나요?"

가희는 태욱의 핀잔에 실망을 했는지 서글픈 미소를 지었다.

그녀가 문병을 오기 시작한지 한 달이 되어간다. 처음 문병

온 날 가희는 미현이 부탁했다며 대수롭지 않게 행동했었다. 태욱도 아내의 보살핌이 그리웠는지라 가희가 해 주는 병 수발이 눈물나게 고마웠다.

두 번째 태욱을 찾아온 가희는 처음 온 날과는 달리 섬약하게 움추리며 그가 사고를 당한 후 달라진 아내의 생활과, 철우의 배신을 어렵게 토해 놓았다.

이미 알고 있던 일들이라 그리 놀라지는 않았다. 하지만 아내와의 관계가 예전 같지 않을 거라는 생각에 미치자 한없이 맥이 풀어졌다.

비록 자신이 아내의 부정한 생활을 알고 있다 해도 가희를 통해 아내의 좋지 못한 소문을 듣는다는 것은 감당할 수 없는 적개심을 유발했다. 아니 어쩌면 아내보다 가희를 더 많이 기다리게 될 것이라는 어처구니없는 예감으로 분노를 느낀 것이리라.

얼마나 사랑했던 아내인가. 그 아내가 자신을 위해 험한 생을 살아가고 있는데 그 책임을 아내한테만 떠넘기는 자신의 비굴한 발상은 정당한 것인지.

가희 편에서 보면 남편을 빼앗은 아내였다. 아내에게 남편을 농락당한 가희의 삶 또한 얼마나 처절한가. 엄밀히 따지자면 철우와의 이혼을 요구한 건 아내가 아니라 가희였다. 그러나 그의 사고로 인해 사정이 이지경까지 이르고 말았다는 것을 간과할 수 없는 일이었다.

"미현이 다방을 그만 두었어요. 알고 있어요?"

가희를 무시하고 택시를 기다리는 젊은 부부에게 시선을 돌렸다. 깁스를 한 남자를 부축한 여자는 연신 조잘거리며 남자의 옆구리를 쿡쿡 찔렀다.

남자가 넉넉한 웃음을 게워 냈다.

'그것 봐요. 웃지 않고는 못 배길걸?'

여자는 택시가 도착하자 남자를 먼저 조심스럽게 태워 편안하게 앉힌 다음 뒤따라 차에 올랐다.

'기사 아저씨, 천천히 가주세요.'

여자의 예쁜 목소리가 활짝 벙근 목련처럼 깨끗했다.

"미현이 다방에서 만난 사내와 동거를 시작했대요. 돈 많은 홀아비래나, 뭐라나."

"그래서. 날 보고 어쩌라구. 머리채라도 휘어잡아 요절을 낼까? 아님, 그래 잘 했다. 그놈 돈이나 팍팍 긁어 와라, 칭찬을 해줄까?"

"선배, 신중하게 판단해야 돼요. 미현이 언제까지 선배를 지켜줄지, 언제까지 그 짓을 하게 버려 둘 건지."

"그만해. 내가 너랑 정분이라도 나길 바라는 거니?"

가희는 웃었다. 막막하게.

"들어가요. 치료받으러 갈 시간이에요."

태욱를 부축한 가희의 길고 하얀 손가락이 겨드랑이를 간질였다. 따뜻한 체온이 전해졌다. 팔을 오므려 그녀의 손을 밀착

시켰다. 아내의 투박하고 거친 손의 감촉은 어느새 남아 있지 않았다.

침상에 누워 가볍게 마사지를 해 주는 가희의 손길에 전신을 맡겼다. 재활 치료실에 들어가기 전 경직된 몸과 마음을 풀어 주면 고된 치료 과정도 조금은 수월해졌다.

발 마사지를 하고 있을 때 아내가 병실로 들어섰다. 전처럼 피곤한 기색은 보이지 않았다. 광대뼈가 도드라졌던 두 볼에 제법 살이 오른 아내의 모습은 안심과 심한 혐오감을 동시에 가져왔다.

불륜을 저질러가며 꼬박꼬박 병원비를 수납하는 아내. 그런 아내를 방치하는 자신.

태욱은 돌변한 삶과 아내의 삶에 기생하는 자신에게 욕지기가 일었다. 부글부글 끓어오르는 역겨움을 해소시킬 방법은 아내대신 가희의 따뜻한 체온을 그리워하고, 아내보다 가희를 가까이 두는 것이었다. 그의 이율배반은 급변한 삶에 대한 반역이었다.

"당신 손은 필요없어, 돌아가. 당신을 기다리는 사람은 따로 있잖아."

그는 아내에게 짜증을 부렸다. 아내는 가희를 물끄러미 바라본 뒤 자포자기하는 심정이 되어 병실을 나갔다.

태욱은 아내가 옷자락에서 뜯어 흩어놓은 보푸라기를 밟고 재활 치료실로 향했다.

＊

민재는 자상하고 따뜻한 사람이었다. 미현이 일주일에 한 번, 남편을 만나고 저녁 늦게 돌아와도 때늦은 저녁을 차려놓고 주린 배를 참아내며 기다려 주었다.

식사를 마치면 태욱의 상태나 호전도에 관해 몇 마디 던질 뿐, 부담되는.질문은 가급적 피해 주었다.

미현은 마치 민재가 남편이고 태욱은 옛 애인처럼 생각되기도 해, 자책감에 몸서리치기도 했다.

인간이 품는 욕망의 귀결은 풍족함과 편안함이라고 했듯이 그녀 역시 지금의 안정된 생활이 오래도록 이어지기를 바랐으며 인간이기에 품게되는 당연하고 극히 평범한 소망은 풍족함이라고 당위성을 인정하며 스스로를 위무하기도 했다.

"오늘 저녁에 친구를 초대하려고 하는데, 괜찮을까?"

늦은 아침을 먹고 출근 준비를 하던 민재가 조심스럽게 물어왔다.

자리를 비켜 달라는 것인지, 민재는 구체적인 언급은 피하고 그녀의 눈치를 살폈다.

그의 친구가 친구 집을 방문한다는 것은 당연한 일이다. 하지만 그도 미현과의 생활을 친구에게 드러낼 만큼 당당하지 못한 것은 사실이었다.

"그러세요. 저는 병원에서 자고 올게요."

"그게 아니고…… 당신이 음식을 준비해 주었으면 해서. 허허, 오늘이 귀빠진 날이거든."

미현은 어찌해야 할지 망설였다.

"퇴근 시간 되면 전화하세요. 상을 봐 두고 나갈게요."

"그럴 필요 없어. 당신이 함께 있어 줘."

그는 똑바로 미현을 바라보았다. 그의 눈빛에 간절한 바램이 담겨 있었다.

그의 시선을 피해 버리고 주방으로 다가가 괜히 수돗물을 틀었다.

남편이 있는 여자, 외간 남자와 동침을 하는 여자. 미래는 있을 수 없었다. 단지 현실만 있을 뿐이었다. 그런데 그는 그 이상의 것을 은근히 요구하고 있었다.

"무리하지 말고 간단하게 준비해."

지갑에서 지폐를 꺼내 식탁에 올려놓고 출근 준비를 서두르는 그를 멍청히 올려다보았다. 옅은 미소가 가득한 얼굴엔 기대감이 잔뜩 실려 있었다.

묵묵히 창가로 다가가 빌라 화단에 눈길을 두었다. 따뜻한 햇살을 받은 온갖 기화요초가 아름답게 피어 있었다. 봄도 어느덧 막바지로 치달아 성큼 여름이 다가오는 중이었다.

민재와의 동거생활 3개월 째. 모든 일이 순조롭게 지탱되었다. 병원비, 아이들의 학비, 부모님의 생활비까지. 그가 미현의 가족 모두를 책임지고 있었지만 그를 가족의 일원으로 자리 매김할 수는 없었다. 그런데 그가 지금 미현을 그의 가족의 일원으로 착각하고 있는 것이다.

"언제까지가 될지는 모르지만, 당신이 이 집에 사는 동안만이라도 나를 당신의 사람으로 인정해 주었으면 좋겠어."

그는 처음으로 불만을 드러내고 현관 문소리와 함께 사라졌다. 투정처럼 풀어놓은 그의 심중이 머리 속을 파고들었다. 둔탁한 둔기로 머리를 얻어맞은 듯 멍해졌다.

어느새 미현의 마음속엔 태욱보다 민재가 더 깊이 파고들고 있었다. 태욱에게 남아있는 의무감보다, 민재가 인내와 배려로 바치는 사랑은 속수무책 그녀의 의식을 휘감아 왔다.

그녀의 과거는 알고 싶지 않다고 어깃장을 놓으며 과거나 미래보다 현재가 더 소중하다고 싸늘히 식어버린 마음을 녹여 주려고 애쓰던 사람. 민재는 그런 사람이었다.

그는 이미 익숙한 그녀의 사람으로 다가왔지만, 그의 사랑을 인정해선 안되었다. 그녀에겐 행복한 과거를 남겨준 가족이 있었기 때문이었다.

"이건…… 사랑이 아니야, 광기야. 끝 모를 지옥으로 빠져들기 위해 몸부림치는……."

자괴감에 괴로워하던 그녀는 자신을 모질게 학대했다. 깨어질 듯 욱신거리는 이마를 피멍이 맺히도록 두들겼다.

그녀는 발끝까지 들어온 햇살의 화끈한 열기 속에 오랜 시간 서 있었다.

*

　몇 번의 인터폰이 울렸다. 끈질기게 울려대는 벨을 그대로 두고 베란다로 향했다.

　민재는 마지막 계단 참에 서서 어딘가를 바라보고 있었다. 그는 왜 회사로 가지 않고 저기 서 있을까. 그가 낯설기 시야를 가로막았다.

　굽은 등, 처진 어깨. 예전의 꼿꼿한 그는 어디로 가 버렸는지 당당함은 찾아볼 수 없었다.

　미현은 외치고 싶었다. 내가 선택한 길을 속절없이 가야 한다고. 그러니 아무 것도 기대하지 말라고.

　그가 빌라를 올려다보며 고함을 질렀다.

　"당신을 찾는 손님이 올라갔어. 아이들 할머니라고 하던데."

　그 말을 전해주고 그는 빠른 걸음으로 주차장을 가로질렀다. 즉흥으로 지어낸 신파극의 주인공이 된 것은 아닐까, 완벽하게 짜여진 절망속으로 빨려들어 간 것은 아닐까, 미현은 스르르 무너져 내리는 몸을 억지로 배수구 기둥에 의지했다.

　여기가 어디라고 어머님이 찾아오다니.

　인터폰이 그칠 줄 모르고 울렸다. 터무니없고 황당해서 거실과 베란다를 오락가락했다.

　어머니가 오시다니. 도저히 믿기지 않았다.

　귀청이 찢어질 듯 울려대는 인터폰의 수화기를 끌어 당겨 온 힘을 다해 끊어 버리고 떨리는 마음에 현관문 손잡이를 더듬거리다 벌컥 열었다.

허허 백발의 노파가 고개를 숙이고 가지런히 두 발을 모으고 서 있었다. 들어오란 말도 못하고 현관입구에 멍하니 서서 붙박이장에 드리워진 잘 자란 러브체인 화분을 올려다보았다.

'저 화초는 언제 저만큼 자랐을까.'

긴 넝쿨사이에 촘촘히 박힌 하트 문양의 잎새가 몇 잎 떨어져 내렸다.

"들어가도 되것나……."

놀란 가슴을 쓸어 내리고 대답 대신 한쪽으로 조금 비켜섰다. 파란 잎새 두 장이 아무렇게나 벗어놓은 민재의 슬리퍼 위에 사붓이 내려앉았다. 잎새를 주워 내고 슬리퍼를 가지런히 붙여 놓았다.

시어머니는 양 손에 들었던 보따리 두 개를 신발장 위에 올려놓고 신발을 벗어 슬리퍼 옆에 나란히 정리했다. 자잘한 주름살 투성이인 얼굴엔 그 동안의 어려움이 묻어났다. 보따리를 든 어머니의 손이 심하게 떨리고 있었다.

선뜻 들어서지 못하고 시간을 끌며 천천히 거실로 들어온 어머니는 바닥에 떨어진 머리칼 두 올을 집어 거실 한 곁에 놓여 있는 쓰레기통에 버렸다.

그녀에게 놀라움을 정리할 시간이 필요했음을 알고 진정되길 기다리는 중이었다.

미현은 차분히 거실 중앙에 앉았다.

"다행이다마, 편해 보여서. 그 사람을 봤다."

무엇이 편하다는 것일까. 며느리의 새로운 남자의 넉넉한 생활이, 아니면 당신의 아들이 외간남자와의 동거를 묵인해 주어서? 어머니의 말씀은 치가 떨렸다.

쇼파에 앉아 주위를 둘러본 어머니는 독백하듯 중얼거렸다.

"널 미워할 수도 없구나. 원망할 마음도 남아 있지 않다마는 다행히 애비가 쾌차하고 있으니 쪼매만 더 부탁하자. 아직은 네 남편아이가."

노인은 새 살림을 차린 며느리가 당신의 아들을 외면할까봐 위기감을 느끼신 것 같았다. 아무런 능력도 없는 당신의 아들을 그녀가 외면해도 이젠 어쩔 도리가 없지만 도의상 아직은 네 남편이라고, 며느리의 불륜은 남편을 위한 당연한 행위라고 주장하는 노인의 확고한 의지는 진땀이 바짝 나도록 잔인했다.

노인은 처참한 심정은 감추어두고 서글픈 미소를 지으며 그녀의 어깨를 힘껏 쥐었다. 가냘픈 두 손엔 며느리에 대한 원망과, 받아들일 수 없는 현실을 인내하려는 힘겨운 무게가 꿈틀거렸다.

그녀의 어깨를 짚고 묵묵 무언으로 일관하는 노인의 심중에는 강한 메시지가 담겨 있었다.

당신의 아들을 위해 며느리의 존재 따위는 그리 중요하지 않다고. 당신의 아들을 위한 희생물이 되어 주면 어떠한 부정을 저질러도 전폭적으로 지지해 주겠다고.

"김치 쪼매 담가왔다. 밑반찬 몇 가지하고…… 빈 손으로 오는 거이 그 사람한테 염치가 아인 것 같애서……."

노인은 일말의 자존심마저 팽개쳐 버리고 그녀의 서러움을 난도질하기 시작했다.

그녀는 흠칫 놀라 신발장 위에 가지런히 올려진 보따리를 바라보았다.

"어제 아범한테 다녀왔다마. 휠체어를 혼자서도 타고 대소변을 가리기도 하고, 다 네 덕분인줄 안다 마는 지금부터가 문제아이가. 본격적인 재활 치료를 해야 하는데 만만찮게 돈이 든다고…… 에미야. 너만 믿어 볼란다."

그녀는 어머니를 노려보았다. 싸늘한 눈빛에 진저리를 치듯 어머니는 두 눈을 꼭 감고 쇼파에 등을 기댔다.

"절 믿는다구요? 언제까지고 진영아빠가 완쾌할 그날까지 제가 어머니의 며느리로 남아 있을 거라고 믿는다구요?"

"에미야. 넌 태욱이 아내다, 아직은."

"아직은? 그럼, 그 다음은요. 그 다음은 며느리도 아내도 포기하란 말씀인가요?"

어머니는 시선을 돌려 천장을 쳐다보셨다. 완강하고 고집스럽게 미현을 외면하고 끝내 대답하지 않으셨다.

둘 사이를 감도는 팽팽한 긴장감은 휴전한 전선처럼 을씨년스럽고 적막했다. 침묵을 견디다 못한 미현의 울분이 잠들어

있던 휴화산처럼 폭발했다.

"차라리 절 욕하세요. 어머니 분노가 풀어질 때까지 비난하시라구요. 지금 포기하라고 하세요. 아내의 자리도 며느리 자리도 모두 다 말이에요."

아랫입술을 질금 깨물고 화를 삭히던 노인은 쓰러질 듯 일어서 조용히 현관으로 향했다.

"대답해 주세요. 왜 지금은 며느리로 인정해 주시면서 다음은 안 된다는 거죠? 누구 때문에 제가 이렇게 사는데, 왜요. 왜냐구요!"

악을 썼다. 미친 듯 소리 지르며 어머니 앞을 가로막았다.

"이대론 못 가세요. 대답해 주고 가세요!"

노인은 울고 있었다. 눈물을 보이지 않으려고 고개를 외로 틀어 목구멍에 걸린 서러움을 넘기려고 연신 숨을 몰아 쉬었다.

그녀는 풀썩 주저앉아 노인의 가녀린 정강이를 끌어안았다. 뼈대에 외피만 간신히 남아있는 노인은 사시나무 떨듯 떨었다. 내부에서 끓어오르는 분노를 감추려는 힘겨운 투지는 의식과 육체와의 처절한 결투를 벌이는 중이었다.

"어머니, 절 데리고 가세요. 이 곳은 니가 있을 곳이 아니라고…… 제 머리채라도 끌고서 절 데려가 주세요."

"……"

어머니가 신발을 꿰어 신었다. 몇 번이고 헛 발길질로 민재의 슬리퍼마저 흩어놓고 조용히 사라졌다.

흘러내린 러브체인 잎새가 짓이겨져 현관 바닥에서 녹빛 물을 흘렸다.

신발장 위에 올려놓은 보따리를 풀어 보지도 않고 쓰레기통에 쑤셔 넣었다. 어머니의 호의를 거절한다고 해서 달라질 것은 아무 것도 없었다. 그녀는 자신의 처지를 잘 알고 있었다. 태욱이 아이들에게 돌아가는 날까지만 아내 자리를 지킬 수 있다는 것을.

창문을 활짝 열었다. 집안의 문이란 문은 모두 열었다. 청소기를 돌리고 먼지 한 점 없이 걸레질을 했지만 비릿하고 역겨운 냄새는 쉽사리 지워지지 않았다.

어머니의 흔적이 남아있는 쇼파를 닦고 또 닦았다. 노인의 체취는 끊임없이 괴롭혔다. 역겹도록 애처로운 아픔은 그녀를 결박한 채 이리저리 끌고 다녔다.

*

누군가 현관문을 두드렸다. 현관문은 열려 있었다. 민재라면 굳이 두드리지 않고 들어섰을 것이다. 그녀는 혼미한 의식을 가다듬고 귀를 기울였다.

"엄마."

귀에 익은 목소리가 들려왔다. 옆집 아이인가? 걸레질을 멈추고 현관으로 다가갔다.

"후후후. 나 왔수."

푸른색 원피스 한 자락이 불쑥 집안으로 들어섰다. 그녀는 입을 딱 벌리고 그 자리에 멈춰서고 말았다.

"놀라긴. 나래두."

희영은 들어오자마자 이방 저방을 기웃거리더니 안방으로 들어가 침대 위에 벌렁 드러누웠다.

"역시 돈이 좋긴 좋아. 이 침대 비싼 거지? 편안하고 아주 좋은데?"

노골적으로 조롱하던 희영은 침대에서 일어나 옷장을 열고 옷가지들을 끄집어내었다.

"야! 이 옷 굉장히 좋은데. 그 사람이 사 준거야? 한번 입어봐도 돼?"

말할 틈도 주지 않고 옷걸이를 아무렇게나 팽개치고 희영은 옷을 꿰어 입었다.

"그만 두지 못해! 여기가 어디라고 함부로 행동하는 거야."

"여긴 엄마 애인 집 아니야? 엄마 애인이면 나와는 어떤 관계일까? 아, 그래 의붓아버지가 되는구나. 알았어, 엄마. 아저씨보고 아버지라 부를게?"

"희영아…… 제발 이러지 마."

미현은 숨이 막힐 것 같아 호흡을 조절하며 극심한 단절감을 연결하려고 애를 썼다.

어느 날 갑자기 운명이 바뀌어 감당키 힘든 지경까지 이르게 된 아이, 나약한 모습을 보이지 않으려고 안간힘을 쓰며 반항의 힘을 빌어 하루하루를 지탱하는 아이를 어떻게 다독여야 할지 아무런 대책도 떠오르지 않았다.

"학교는 어쩌고 여길 왔니."

"학교는 다녀서 뭐해? 대학을 졸업한 엄마도 이렇게 사는데. 그 시간을 절약해서 지금부터 나도 엄마처럼 돈벌이를 한다면 굉장한 갑부가 될걸?"

희영은 안하무인이었다. 가장 아픈 곳을 예리한 칼날로 찔러 기어이 피를 볼 요량인지 잔인하게 상처를 쑤셔놓았다.

미현은 조용하지만 날카로운 얼음 조각처럼 싸늘하게 명령했다.

"당장 이 곳에서 나가!"

"엄마, 내가 그 사람 가로챌까봐 겁나우? 걱정마. 그런 일은 없을 테니까. 후후후."

비실비실 실소를 토해내던 희영이 급기야 집안이 튀어 오를 듯 깔깔거리고 웃었다. 희영의 웃음소리가 푸른 생선비늘처럼 파닥거리며 의식을 혼란 시켰다.

기묘한 열기에 휩싸여 가슴이 타들어 가는 것 같았다. 지난 번 강변에서 희영에게 호되게 당한 기억이 떠오르자 판단력은 흐려졌다. 그녀는 희영의 목을 졸라대기 시작했다. 그녀는 미쳐가고 있었다.

"넌 내 딸이 아니야. 악마야 악마. 죽여 버릴 거야. 그래 이년 아, 그 놈 씨가 내 애인이다, 어쩔래. 그가 좋아지고 있어. 네 아빠보다 더 좋단 말이야!"

손에 힘이 들어 갈수록 희영은 점점 더 격렬하게 몸부림을 치며 버둥거렸다. 그러나 웃음기는 거두지 않았다. 붉게 달아 오르는 희영의 얼굴은 갈갈이 찢어진 단풍잎 같이 군데군데 붉은 물이 들어 얼룩이 졌다.

희영이 축 늘어지고서야 손에 힘을 풀고 아이 옆에 나란히 누웠다. 태고의 정적 같은 고요가 감돌았다. 아늑하고 포근한 포만감이 몰려왔다. 잠잠한 집안의 공기는 편안하게 가라앉아 비현실적으로 느껴졌다.

초점 잃은 눈으로 시야에 잡히지 않는 한곳을 훑었다. 창을 관통한 몇 점의 하얀 햇살, 그 사이를 떠도는 먼지, 푸른 원피스 자락.

희영의 몸 만한 하늘 귀퉁이가 떨어진 것은 아닐까. 흰구름을 타고 낮은 어디로 가고있는 것은 아닐까. 그녀는 꿈을 꾸고 있는 것처럼 환시에 시달렸다. 희미한 의식 속에 고통의 울음 소리가 들려왔다. 억제 당하고 핍박받는 울음 소리가.

현실과 비현실 사이를 배회하던 미현은 정신을 차리고 희영을 돌아보았다. 희영은 벽에 등을 기대고 허둥대고 있었다.

"엄마는…… 바보야."

뚜렷한 희영의 음성이 흩어진 의식을 한곳에 집중 시켰다.

"난 어른이 되면 엄마처럼 가족을 사랑하는 여자가 되고 싶었어. 그런데 엄마는 내 꿈을 송두리 채 부셔놓고 말았어. 꿈이 없는 아이는 내일이 두려워. 너무 혼란스러워."

희영이 머리를 좌우로 흔들었다.

"엄마가 불쌍해서 숨이 막히기도 하고…… 죽이고 싶도록 미워지기도 해."

희영의 머리칼을 쓰다듬으며 터지려는 가슴의 응어리를 꾹 눌러 삼켰다.

"가희 아줌마가 왔어, 병원으로. 모든 게 뒤죽박죽이야."

"알고있어."

"아빠가 가희 아줌마를 좋아해. 그것도 알고있어?"

대답 대신 바닥에 널린 옷가지를 차곡차곡 정리했다. 아이는 그녀에게서 옷가지를 빼앗아 그대로 팽개쳐 버렸다.

"제발 정신 좀 차려!"

쓴웃음만 짓는 엄마가 답답하고 화가 난다며 아이는 현관문을 쾅, 닫고는 나가버렸다.

*

민재가 집으로 돌아왔을 때 미현은 인사불성이 되어 있었다. 바닥을 뒹구는 술병, 안방에 팽개쳐진 옷가지는 그녀의 힘들었던 하루를 말해주었다.

그는 빌라 한곳에 숨어 노인과 희영의 출현을 지켜보았다. 그들이 사라지고 그녀는 미친 듯이 베란다를 들락거렸다.

그는 충계를 대참에 뛰어올라 그녀를 위로해 주고 싶었지만 마음과는 달리 전화를 걸어 친구와의 약속을 취소했고 하루종일 거리를 배회하다 케이크 하나를 사 들고 돌아왔다.

그녀는 흔들거리는 모습으로 케이크에 불을 붙여 손뼉을 쳤다.

"생일 축하합니다. 사랑하는 민재씨 생일 축하합니다."

그녀는 노래를 불렀다. 생일 축하의 의미도, 축하 받는 사람의 기분도 무시한 채.

입이 메어지도록 케이크를 집어 넣은 그녀는 먹은 것을 다 토해내고 욕실에서 잠이 들었다.

그녀를 안아다 침대에 뉘이고 포근히 안아 주었다. 뷸안하게 몸을 뒤척이던 그녀는 어렵사리 잠이 들었다.

앙상한 광대뼈가 도드라진 얼굴은 그지없이 맑고 깨끗했다. 누가, 사랑스럽고 아름다운 이 여자를 이렇게 만들었는지, 왜 이렇게 버려 두는지 알 수 없는 분노로 밤새 서성거렸다.

미현은 바닥이 드러난 술병을 들어 마지막 한 방울까지 털어 넣었다. 벌써 두 병의 빈 병이 던져졌지만 취기는 오르지 않았다. 냉장고 문을 열고 혹시 숨겨놓은 술이 어딘가 남아있지 않을까 싶어, 반찬 통을 모조리 들어냈다. 야채 통도 뒤집어 쏟았

다. 냉장고에서 술을 찾지 못한 미현은 싱크대로 자리를 옮겼
다.

이미 몸은 취할 대로 취해 가누지 못할 정도로 비틀거렸지만
마실수록 또렷해지는 정신을 잠재우기 위해선 술이 더 필요했
다.

싱크대에 진열된 접시를 끄집어내었다. 무게가 한쪽으로 쏠
려 접시들이 떨어지는 것도 알지 못했다. 오로지 술 찾기에만
집착했다. 깨어진 접시들이 밟혀 발자국이 닿는 곳마다 붉은
피가 선연했다.

더 이상 집안에 술이 남아있지 않다는 것을 알게 된 미현은
술을 사기 위해 밖으로 향했다. 신발조차 신기가 귀찮아 맨발
로 층계를 내려갔다.

발을 헛디뎌 층계참까지 굴러 내렸다. 난간에 의지해 겨우겨
우 나머지 층계를 내려섰다.

빌라 입구에 있는 우정슈퍼는 문이 닫혀 있었다.

"씨…… 제기랄, 벌써 문을 닫고 지랄이야. 돈도 싫다 이거
지? 배부른 인간들은 항상 저만 생각해. 이기주의자들."

욕설을 퍼붓고 큰길에 위치한 대형 할인 매장으로 향했다.
인적이 없는 거리는 죽은 듯이 어둠 속에 파묻혀 있었다. 그 곳
역시 문이 굳게 닫혀 있었다. 셔터가 내려진 출입구를 돌아 뒷
문으로 가 보았지만 매장으로 연결된 문은 없었다.

고래고래 소리를 지르며 내려진 셔터에 발길질을 해댔다.

한참동안 악다구니를 해대고 출입구로 돌아와 쪼그리고 앉 았다. 문이 열릴 시간까지 기다릴 참이었다. 지루하게 시간은 흘러갔지만 어둠은 걷히지 않았다. 한여름인데도 시린 한기가 살갗을 비집고 들어왔다.

오락기가 놓여있는 곳으로 자리를 옮겨 차곡히 쌓여 있는 종 이 박스를 펴서 이불처럼 덮고 몸을 뉘었다. 하늘엔 츠롱초롱 한 별들이 반짝였다.

"저 곳에 가면 술이 필요없을 거야. 고통도 없겠지. 가고 싶 어. 저 광활한 우주 속으로……."

멀리서 발소리가 들려왔다. 슈퍼 주인이 오는 것일까? 일어 나야지. 술을 사야 되잖아? 그러나 뉘인 몸은 말을 듣지 않았 다. 발소리가 가까워질수록 몸은 까부라졌다. 인접한 곳에서 누군가 한참을 멈추어 서 있었다.

"집으로 갑시다."

그녀는 소리나는 쪽으로 고개를 빼꼼히 들어 올렸다.

화가 잔뜩 실린 그의 목소리였다.

"민재씨?"

"지금이 몇 신지 아오? 새벽 3시오. 또 술을 사러 나온 건 가?"

"술은 내 기호식품 1위인데 마셔야지. 그 맛나는 음식을 왜 안 마셔요?"

민재는 미현이 덮고 있는 박스를 들추어내고 일으켜 세웠다.

"놔, 날 좀 이대로 둬요."

"도대체 왜 이러는 거요."

"당신이 좋아져서…… 그래서 술을 마시는 거예요."

애교가 담뿍 담긴 몸짓으로 민재의 목을 끌어안았다. 민재는 그대로 미동도 않고 가만히 있었다.

"갑시다. 술을 사야하지 않겠소?"

미현은 어린아이처럼 그의 등에 매달려 그가 이끄는 대로 몸을 맡겼다.

집으로 그녀를 데리고 온 민재는 사기 조각에 찔린 발을 조심스럽게 소독하고 연고를 발라 주었다. 어느 정도 취기가 가시자 더 이상 술을 마시고 싶지 않았다. 어스름이 날이 밝아오고 있었다.

민재는 미현이 샤워를 하는 동안 얼큰한 찌개를 끓였다. 양주 한 병을 꺼내 찌개와 함께 술상을 차리고 그녀가 나오기를 기다렸다. 아직도 양주장에는 서너 병의 술이 남아 있었지만 이상하게도 미현은 고집스럽게 자신이 사 온 술만 마셨다. 독한 양주가 입에 맞지 않아 그러려니 여겼지만 그녀의 주량으로 봐서는 더더욱 의문이 가는 일이었다.

샤워를 끝낸 미현이 다가왔다.

"몸은 괜찮소?"

민재는 염려스런 눈빛으로 물었다.

“네.”

“한 잔 합시다. 이리 와요.”

그녀는 다소곳이 식탁에 와서 앉았다.

“술이 이것 밖에 없소. 아직 슈퍼 문이 열리려면 멀었을 거고…….”

미현은 술을 마실 생각은 않고 술잔만 만지작거렸다.

“술을 마시는 이유를 알고 싶소.”

민재는 술을 털어 넣고 빈 잔을 채웠다. 그녀가 맨 정신으로는 마음을 터놓지 못할 것 같아 적당한 시기가 올 때까지 기다리기로 하였다. 아직 먼저 마신 취기가 완전 가시지 않은지라 대 여섯 잔을 연거푸 들이킨 미현은 눈시울이 붉어졌다.

“당신을 떠날 때가 된 것 같아요.”

“남편이 완쾌되었소?”

“아직…… 더 치료를 받아야 해요.”

“그럼 왜 떠난다는 거요. 돈이 더 필요하오?”

미현은 거푸 두 잔의 술을 더 마셨다. 턱을 한 손으로 괴고 다른 한 손으로 술잔을 잡은 그녀는 고개짓으로 술을 더 따르라는 시늉을 했다. 미현은 가라앉고 있었다.

“내가 당신의 아내가 되고 싶다고 한다면…… 어떻게 하실 건가요?”

민재는 술잔을 떨어뜨리고 말았다.

“……”

"역시 내 짐작대로 였군요. 대답을 못 하는걸 보니…… 말도
안 된다는 뜻이군요."

"생각해 보지 않았소만 지금의 생활에 만족하오. 때때로 당
신이 내 아내란 착각에 빠질 때가 있소. 그럴 때면 참 행복하
오. 당신이 혼자라면 얼마나 좋을까, 당신 남편이 나와 당신과
의 관계를 알고 당신을 내치면 얼마나 좋을까, 그런 말도 안되
는 생각들로 밤을 세운 적이 있소."

"나와 같은 생각들로 고민을 했군요. 착각하진 마세요. 그렇
다고 내 목숨을 바칠 만큼 당신을 좋아하지 않아요. 이 생활이
나를 못 견디게 해요.

이 곳에서…… 당신 곁에 영원히 머물기를 간절히 바라는 내
마음이 너무나 무섭고 어이가 없어서 더 이상 버틸 제간이 없
어요. 지금의 환경에 익숙해지면 어쩌나…… 아니, 이미 익숙
해졌는지도 몰라요. 하루종일 비현실 속에서 몸부림치는 내가
겁이나요."

"인간은 누구나 더 나은 환경을 갈구하지. 당신 잘못이 아니
오."

턱을 괸 그녀의 손이 휘청거렸다. 팔을 부축하려하자 앙칼지
게 독설을 퍼부었다.

"당신도 별수 없는 사내야. 내가 남편을 버리고 당신의 아내
가 된다 하더라도 언젠가는 날 버릴 거야. 사내들은 저만은 그
렇지 않다고 부정해도 난 믿지 않아. 이미 여러 명의 사내가 내

몸을 거쳐갔어. 그 사내들은 내 일터일 뿐이었어. 당신 역시 마찬가지야. 나는 당신한테 몸을 팔고 당신은 내가 필요한 돈을 주고…… 그 외엔 아무 것도 바래선 안 돼."

미현은 실소를 터트리고 가소로운 듯 민재를 질책했다.

"그렇다면 다행이오. 내가 당신의 일터라면 할 일은 많이 남아 있소. 아직 당신은 일터를 버려서는 안 돼."

*

집안에서 들려오는 엄마와 김 사장의 다투는 소리를 듣지 않으려고 귀를 틀어막았다.

가희 아줌마가 전해준 엄마의 동거 소식을 듣고 차라리 잘된 일이라고, 좀더 편한 삶을 선택한 엄마가 지리멸렬한 유흥업소의 생활을 접은 것은 오히려 다행이라고, 자신의 뜻을 전해 주려고 빌라를 찾아 왔었다. 하지만 엄마는 편해 보이지 않았다.

야윌대로 야윈 얼굴과 잠시도 마음을 놓지 못하고 허둥대는 엄마의 행동은 희영의 가슴에 아픔만 전해 주고 말았다. 마음에도 없는 야유를 퍼부었고 엉뚱한 행동으로 엄마를 괴롭혔다. 엄마의 진심을 모두 알아챘지만 속내를 드러내지 못했다.

빌라를 뛰쳐나오면서도 바보 같은 엄마편이 되어 주겠다고 몇 번이나 속으로 되뇌었지만 끝내 그냥 나오고 말았다. 희영은 빌라 가까운 곳에서 방황하며 밤을 지샜다.

　새벽녘 술에 취해 거리를 헤매는 엄마를 발견하고 억장이 무너져 내렸다. 슈퍼마켓 셔터 문을 발로 차며 술을 달라고 고함을 지르는 엄마를 어떻게 해야 할지, 누가 그 곱던 엄마를 폐인이 되도록 만들었는지, 아무도 아무 것도 용서할 수 없었다.

　빌라를 찾아오기까지는 오랜 망설임이 있었다. 강변에서 얼어붙은 몸을 조아리고 용서를 빌던 엄마의 모습이 너무나 가엾어서 잊을 수가 없었다.

　한번도 나약함을 드러내지 않았던 엄마였는데 자식 앞에 무릎을 꿇고 살려 달라고 애원하던 엄마를 구타하고 윽박 질렀지만 시간이 흐를수록 엄마에 대한 연민이 솟아 나와 괴로웠다.

　아빠의 변심도 자신이 엄마를 동정하게 된 빌미가 되었다.

　싸움을 멈추었는지 집안은 조용했다. 가만히 문을 열어 보았다. 현관문은 잠겨 있지 않았다. 김 사장과 엄마는 거실바닥에 아무렇게나 뒤엉켜 잠이 들어 있었다.

　"완전히 갔군 갔어."

　바닥을 구르는 술병과 잡다하게 널려있는 쓰레기를 발로 툭툭 차서 한곳으로 모았다. 엄마의 다리에 걸쳐진 김 사장의 다리를 걷어찼다. 그가 내뿜는 옅은 신음소리는 진저리 쳐지도록 역겨웠다.

　엄마의 팔을 잡고 질질 끌어서 거실 베란다로 데려가 문을 활짝 열었다. 엄마는 눈을 뜨더니 모로 돌아누워 다시 잠 속으로 빠져들었는지 기척이 없었다. 갈수록 초라해지는 엄마의 모습, 아빠와 가희 아줌마의 알 수 없는 관계는 적개심을 더욱더 증폭시켰다. 엄마와 아빠를 예전으로 돌려놓기엔 모든 것이 이미 틀어진 상태였다.

차라리 김 사장이 엄마에게 온갖 애정을 다 쏟아 엄마가 아빠에게 더 이상 미련을 두지 않았으면 하는 바램도 일었다. 그러나 인사불성이 된 엄마에게선 살고 싶다는 의욕마저 없어 보였다.

"이봐요, 아저씨. 손님이 왔으면 반갑게 맞지는 못할지언정 아는 체라도 해야 할 것 아니에요."

김 사장은 귀찮다는 듯이 손을 내저으며 무어라 중얼거렸다. 그가 손을 내저을 때마다 몸 곳곳에 그의 손길이 닿았다.

소름이 오싹 끼쳤다.

"일어나, 일어나라구!"

엄마와 그를 오가며 뺨을 내리쳤다. 주체할 수 없는 분노가 일렁였다. 한번 시작된 울분은 이미 자제력을 넘어서고 있었다. 모든 사고가 정지된 채 오로지 사악한 광기만이 서슬 퍼렇게 살아 넘쳤다.

영문도 모르고 엉겁결에 매질을 당한 김 사장이 벌떡 일어나 희영을 밀었다. 희영은 한곳으로 모아둔 술병 위에 나가 떨어졌다.

"이 새끼가 사람을 쳐?"

노골적으로 저항을 하며 닥치는 대로 술병을 잡아 거실장 모서리에 던져 버렸다. 유리 파편이 사방으로 튀었다. 예리하게 깨어진 병 날을 골라잡고 김 사장의 가슴을 향해 투우사처럼 돌진해 들어갔다.

"더 때려 봐, 이 새끼야!"

손에서 피가 흐르는 것도 아랑곳 않고 날카로운 날에 더 힘을 주었다.

정신을 차린 김 사장은 엉기적거리며 뒤로 물러나 미현과 희영을 번갈아 보았다.

"희영이 왔구나……. 왜 이러니, 무슨 일이야?"

김 사장은 잔뜩 겁에 질려 말을 더듬거렸다.

"무슨 일이냐구? 엄마를 봐. 저 지경으로 만들어 놓고 이젠 폭력까지 휘둘러?"

"엄마와 술을 한 잔했다. 술이 취해 잠이 든 거야. 별 일 아니니 걱정하지 마라."

"별일 아니라니, 엄마는 술이 없으면 단 하루도 살지 못하는데 별일 아니라구? 당신 때문에 이 지경까지 왔는데 별일 아니라구? 입 닥쳐."

희영은 극도로 흥분해 길길이 날뛴 후 갑자기 태도를 바꿔 야릇한 웃음을 흘리며 김 사장에게 다가섰다. 민재는 희영이 흘리는 싸늘한 웃음기에 섬뜩하게 굳어져 주춤거리며 물러났다. 이젠 뒤로 물러날 공간도 없었다.

"지갑 꺼내. 가난한 인간에게 적선 좀 한다고 해서 억울해 할 것 없어. 서로서로 도와가며 사는 게 올바른 인간 사회 아냐?"

민재는 지갑을 꺼내 던져 주었다.

희영은 지갑을 열어 지폐를 몽땅 꺼내고 돈만 탈탈 털어 주머니에 구겨 넣고 지갑을 내던졌다.

"제법 짭짤한걸. 내 평생 이만한 금액은 만져보지 못 할 줄 알았는데, 운이 좋은 편이군. 잘난 엄마 둔 덕이지 뭐, 잘 쓸게."

만족한 표정을 지으며 어깨를 으쓱했다.

"희영아……."

미현이 애원하며 불렀다.

희영은 순간적으로 힘이 풀린 다리를 꼿꼿이 버티고 두 눈을 질금 감았다.

"제발…… 엄마가 이렇게 빌게."

미현은 아이 앞에 무릎을 꿇었다. 언제나 그랬듯이.

희영은 그런 모습에 짜증이 났다.

"엄마가 아무리 애원해도 난 달라지지 않아."

"현실을 어린 네가 감당하기란 쉽지 않을 거야. 시간이 지나면 꼭 네가 바라는 때가 올거야. 우리 좀더 기다려 보자……."

"뭐? 기다리자고? 뭘 기다려. 엄마가 완전히 폐인이 된 다음에도 내가 바라는 때가 오냐구!"

"엄마가 망가진다 해도 너희에겐 아빠가 있잖아……. 아빠를 잃은 슬픔은 당해보지 않은 사람은 모를 거야. 엄마가 겪어

온 아픔을 너에게 이어 줄 수는 없었다. 니 할머니가 그랬듯이 운명을 믿으며 맥없이 무너질 순 없었어. 너흰 엄마처럼 살아 서는 안되잖니.”

*

　미현의 어린 시절은 불운했다. 지금의 딸아이처럼 갑자기 찾 아든 불행은 그녀의 가슴에 치유할 수 없는 상처를 남겼다. 여 덟 살 미현의 환한 웃음을 받으며 회사로 간 아버지는 집으로 돌아오지 않았다.

　초등학교 입학을 하게 된 딸아이의 학용품을 사러 갔다가 교 통 사고를 당한 아버지. 아버지는 미현에게 선물할 학용품과, 예쁜 리본이 달린 머리핀을 꼭 끌어안은 채 병원 응급실에 누 워 계셨다.

　아버지가 숨을 거두던 날, 의식이 혼미한 가운데서도 어린 딸아이를 홀로 두고 떠나야 하는 기가 막힌 운명을 거부하려는 듯 두 눈을 부릅뜨고 미현을 애타게 불렀었다. 차갑게 식어 가 는 아버지의 손을 움켜잡고 죄책감에 몸부림치며 아버지와 목 숨을 바꾸고 싶다고 간절히 기도를 올리던 미현을 두고 아버지 는 숨을 거두었다. 싸늘히 굳어버린 아버지를 끌어안고 예전처 럼 단 한번만이라도 포근히 안아 달라고 발버둥 쳤지만 아버지 의 품은 따뜻하지도 포근하지도 않았다.

시퍼런 강물에 아버지의 유골을 뿌리던 날 만난 소년. 미현의 가슴에 유리구슬 두 알로 자리한 소년은 외로움을 채워주기 위해 아버지가 보낸 사람이라고 믿어 왔었다.

가슴 중앙에서 전율하던 울분이 차분히 가라앉더니 가늠할 수 없는 슬픔이 밀려들었다. 희영은 가슴 벽에 부딪혀 아우성을 치는 슬픔을 가두어둔 채 팔짱을 끼고 불손한 태도를 취했다.

오른발을 앞으로 내밀어 발끝을 까닥거리고 옹골지게 움켜쥐었던 깨진 병 조각을 불쑥 김 사장의 가슴으로 더 들이밀었다. 엄마의 초라함을 인정할 수 없다는 강한 거부의 조치는 자신의 나약함을 드러내지 않는 것이었다.

더 이상 물러날 공간이 없다는 것을 알아차린 김 사장이 두 손을 틀어 거실장을 짚는 순간 그의 옷깃이 손끝을 스쳤다. 손끝이 파드득 떨렸다. 이대로 망설이다가는 병 조각은 무기로 쓰일 수 없는 무용지물이 될 것이었다.

떨림을 감추기 위해 김 사장의 옷자락을 힘껏 그었다. 병 조각에 옷자락이 끼인 틈을 타 그가 희영을 끌어안았다. 병 조각을 잡은 손이 그의 가슴에 꼭 끼었다.

희영은 손을 빼내려고 안간힘을 썼다. 그러나 그의 힘을 감당하기에 희영은 나약했다. 손에서 핏방울이 질척하게 배어 나왔다.

"놔, 놓으란 말이야!"

몸부림치는 희영의 두 눈에서 굵은 눈물이 흘러 김 사장의 목덜미를 적셨다. 병 조각이 생살을 후벼파는 고통보다 가슴을 짓누르는 슬픔의 고통은 너무나 컸다. 제 힘으로는 그의 품을 빠져 나오지 못한다는 것을 알아차린 희영은 한참을 그대로 안겨 있었다.

의외로 그의 품은 아늑하고 포근했다. 열 다섯 살 철부지로 돌아가 응어리진 속엣 것들을 모조리 끄집어내어 터트리고 싶은 간절함이 감정을 뒤흔들었다.

도무지 알 수 없는 일이었다. 엄마의 남자였기에 그를 대할 때마다 미움이 싹터 그들의 사이를 훼방놓곤 했었다. 그와 희영은 그만큼 낯설고 껄끄러운 관계였다. 그런 그의 품이 아늑하고 포근하게 느껴지다니… ….

'아빠의 품도 이렇게 포근했었어.'

재빨리 나약함을 추스르고 김 사장의 어깨에 볼을 비벼 눈물 자국을 모두 지웠다. 목덜미에 흘러내린 물기가 희영의 눈물이라는 것을 알아차린 김 사장은 슬며시 힘을 풀어 놓아주었다.

깊이 박힌 병 조각을 뽑아내고 바지 단에 핏물을 쓱쓱 문질렀다. 그런 다음 여유 있게 엄마를 향해 돌아섰다.

"그놈의 술 좀 작작 마셔. 죽고 싶지 않으면!"

엄마에게 고함을 지르고 주머니에 구겨 넣었던 지폐다발을 꺼내 흔들었다.

"아저씨 고맙수. 또 봅시다."

현관문을 발로 걷어찬 희영은 미소를 머금고 유유히 빌라를 빠져 나왔다. 그러나 골목길에 이르자 주체할 수 없는 눈물이 흘러내렸다.

"바보같이……."

미현은 주춤주춤 일어나 핏물이 얼룩진 병 조각을 집어들었다. 아이의 온기가 가시지 않아 따뜻한 기운이 남아 있었다. 유리 조각은 희영의 고통을 난도질하고 비수처럼 미현을 겨누었다.

"아이가 다친 것 같은데…… 그냥 둬도 괜찮을지 모르겠소."

"……."

그를 쳐다볼 면목이 없었다. 수시로 들락거리며 심사를 불편하게 만드는 희영을 불평 한 마디 없이 대하는 그였다.

"미안해요."

"난 괜찮소. 아이를 이해할 수 있을 것도 같소."

민재는 미현를 가볍게 안아주고 욕실로 들어갔다.

서둘러 핏자국을 말끔히 닦아내고 너저분한 쓰레기와 술병을 치웠다. 그가 욕실에서 나오기 전에 희영의 흔적을 깨끗이 지워야 했다.

희영이 난리를 친 후 미현은 술을 입에 대지 않았다. 언제 희영이 나타나 지난 번처럼 억지를 부릴지 모를 일이었다.

하루하루 사는 것이 긴장되었고 잔뜩 위축되어 전화벨 소리에도 놀라 현관으로 달려가곤 했다.

희영에게 호되게 당했으면서도 민재는 변함없이 미현에게 정성을 기울였고 세세한 일까지 신경을 써 주었다.

출근 준비를 서두르던 그가 쇼핑 가방을 내밀었다.

"사이즈가 맞을지 모르겠네……. 입어 봐."

"뭐예요, 이건?"

그는 쑥스러운지 얼굴을 문지르고 씨익 웃었다.

"여름이 다 가기 전에 바캉스 한번 다녀오자고. 수영복하고 간단한 여름 옷이야."

가방을 받아든 미현은 그의 마음 씀씀이가 미안하기도 하고 죄스럽기도 해 그대로 가방을 옷장에 넣어 버렸다.

"갔다 올게. 주말엔 가까운 바다라도 다녀오자고."

그는 항상 그랬던 것처럼 등을 토닥거려주고 출근을 했다.

뜨거운 감동으로 비적비적 솟아나는 눈물을 억제하려고 자꾸만 손톱을 물어뜯었다. 언제 이런 과분한 호의호식을 누렸던 적이 있던가. 그가 바치는 사랑은 그 무게를 가늠할 수 없을 정도로 엄청났다.

태욱이 완치되면 떠나야 할 사람. 비록 그와 함께 하는 시간은 정해져 있었지만 지금 이 순간은 태욱과는 다른, 사랑의 느낌으로 다가왔다. 속수무책 빠져드는 감정을 다스리기엔 너무 깊은 곳까지 발을 들여놓은 것 같았다.

청소를 마치고 그가 사 준 옷을 입어 보려고 옷장 문을 열었
다. 언제부터 거기 있었는지 옷장 한 곁에 카키색 여행가방이
눈에 띄었다. 그의 집으로 들어오면서 가지고 온 가방이었다.
쓸모 없어진 가방을 처분했을 만도 한데 옷장 한구석에 남겨둔
이유가 무엇인지 어리둥절했다.

민재는 미현이 이 곳으로 옮겨오자 옷가지며 생활에 필요한
물건들을 장만해 주었다. 다방에서 사용하던 물건들이 평범한
주부들이 사용하기엔 다소 무리가 있다는 이유도 있었지만, 마
치 사랑스런 아내에 대한 애정의 선물 인양 물건들을 사다 날
랐다.

가방을 버릴 요량으로 쓸만한 물건이 남아 있는지, 안에 있
는 자잘한 것들을 점검해 보던 그녀는 화장품을 넣어 둔 작은
헝겊 손가방을 들어냈다. 가방 안에는 다방에서 쓰던 색조 화
장품과 머리핀 두 개가 들어 있었다.

소중한 추억이라도 감추어 놓은 것처럼 가방 안의 물건들은
잘 보관되어 있었다. 돌이키기 싫은 기억들이 밀봉되어 그녀가
열어 주기를 기다렸다는 듯이.

입술펜슬, 눈썹펜슬, 아이새도우, 두 개의 루즈가 차례로 끌
려나왔다. 거의 가방이 비워져 갈 무렵 마지막 물건이 차갑게
만져졌다. 가만히 그 물건을 집어내던 미현은 가방 안에 손을
넣고 동작을 멈추었다. 마치 마비된 것처럼 서서히 손이 굳어
졌다.

가방 안에 못 박힌 손가락을 움직여 재빠르게 물건을 집어내었다. 끔찍한 촉감을 전해 준 그 물건이 본색을 드러내고 예리한 빛을 내뿜었다.

파리한 광채가 심금을 파고들었다. 예기치 않았던 소리들이 곳곳에서 울려 퍼졌다. 숨이 넘어가는 비명 소리, 빗발치듯 쏟아지는 야유, 모든 것을 산산조각 낼 듯 몰아치는 의문의 굉음.

미현은 그 물건을 넌더리나도록 깨물었다. 입안이 얼얼하게 저려왔다. 앞니에서 어금니로 방향을 바꾸어 깨물어도 그 물건은 요절나지 않았다. 침이 질질 흘러 내렸다. 깨무는 것을 포기하고 쓰레기통을 겨냥해 던졌다가 허겁지겁 달려가 그것을 도로 끄집어내었다.

그 물건은 바로 태욱이 미현에게 주었던 하모니카였다.

형용할 수 없는 공허의 수렁에 빠져든 그녀는 공허 속을 비집고 들어오는 태욱의 야윈 얼굴을 보았다. 살려 달라고, 버리지 말라고 태욱은 아우성 치고 있었다. 오랜 시간 잊고 있었던 생의 가장 아름답고 행복했던 순간을 간직한 채 하모니카는 처절하도록 슬픈 빛을 토해내고 그 자리에 그대로 남아 있었다.

서둘러 주방으로 가서 정성껏 저녁 식탁을 차렸다. 민재가 좋아하는 해물 파전을 부치고, 갖가지 밑반찬을 만들고, 한동안 찬거리 걱정은 없게끔 냉장고를 가득 채웠다.

그가 벗어놓은 빨랫감을 눈이 부시도록 하얗게 빨아 널었다.

이젠 떠나야 할 때였다. 더 이상 이곳에 머물러 있을 수 없었다. 민재와의 생활이 더 익숙해지기 전에 다른 낯선 곳을 향해 도망쳐야 했다.

그가 사다 준 옷과 물건들을 정리해서 종이 가방에 넣어 식탁 의자에 올려 두었다. 메모를 남길까 망설이다 미련만 남겨둘 것 같아 그냥 나오고 말았다.

무료한 오후 햇살이 그림자를 드리우고 그가 밟았던 땅 위에 내려앉았다. 차마 발걸음이 떨어지지 않아 퇴근하는 그를 기다리던 층계 참에 서서 무더운 여름 햇살을 고스란히 맞았다. 땅거미가 지면 산책을 했던 골목길과, 어깨를 나란히 맞대고 시장을 보러가던 우회도로.

그 곳에서 금방이라도 민재가 달려 올 것만 같았다. 그녀는 그와의 추억을 다 잊을 거라고, 빌라가 보이지 않으면 곧 잊게 된다고, 서둘러 그 곳을 벗어났다. 그러나 두 쪽의 마음 중 한 곳은 기형처럼 잘려나가 그의 곁과 그의 집안 곳곳을 배회하며 돌아오지 않았다.

"미안해요……."

 혼돈의 늪

에로스 미시 클럽의 간판이 점등되자 10여 개가 몰려있는 비슷한 유형의 간판들이 일제히 은밀한 빛을 밝혔다.

구미의 가장 화려한 곳이라 일컫는, 시외버스 터미널 부근 유흥가. 금오 시장을 중심으로 50여 개의 여관과 단란주점, 노래방, 룸사롱, 각양각색의 유흥업소가 밀집되어 있어, 밤의 천국이라 불리우는 이 곳의 밤거리는 취객들이 마지막으로 거치는 환락의 요새답게 요염한 광란의 도가니로 단장되었다.

미현은 출근부에 지장을 꾹꾹 눌러 찍고 대기실로 들어갔다. 먼저 출근한 다섯 명의 미시들이 텔레비전에 시선을 고정시키고 있었다.

대기실은 마치 냉동 창고처럼 냉기가 감돌았다. 평소와는 사뭇 다른 분위기였다. 그녀는 어리둥절해 분위기를 살폈다. 모두들 심각하게 인상을 찌푸리며 텔레비전에 빠져 있었다. 화면에는 불에 탄 건물이 비춰졌고 여성 앵커가 이곳저곳을 지적하며 잔뜩 긴장된 목소리로 흥분했다.

"이 곳은 화재가 난 성남시 유흥주점 아마존입니다. 주로 삼사 십대의 주부들이 주를 이뤄 아르바이트를 해 온 사실이 드러났습니다.

일명 미시클럽이라고 불리던 이 곳의 화재는 대형 참사를 불러왔습니다. IMF이후 직장을 잃은 가장들이 늘어나면서 무너진 가정의 주부들이 생활고를 견디지 못해 미시클럽, 과부촌 같은 술집에 대량 공급되어 온 사실이 이 곳의 화재를 통해 알려졌습니다.

이번 화재로 숨진 5명의 종업원들은 모두 가정을 가진 주부들이었습니다. 생계를 위해 자존심까지 묻어 버렸는데 이제 영영 자존심을 회복하지 못한 채 목숨을 잃고 말았습니다."

사체가 안치된 병원의 영안실로 화면이 바뀌었다. 화재를 당한 주부의 남편인 듯한 사내가 모자이크 처리되어 인터뷰를 하고 있었다.

"제가 아내를 죽였습니다. 사업 실패로 빚더미에 올라앉자 아내는 저 대신 생활고를 해결하기 위해 거리로 나섰습니다. 아내는 직장을 구하려고 애를 썼지만 주부들을 채용할 회사는 없었습니다.

취업의 문은 턱없이 높아 결국 아내는 이 길을 택할 수 밖에
없었던 것 같습니다."

사내가 오열을 터트렸다. 앵커는 또 다른 가족을 만났다.

"설마 누나가 그런 곳에 나간다는 것은 상상도 못했습니다.
매형은 대기업 간부로 일하고 있습니다. 가끔 전화를 통해 조
카들 사교육비 때문에 부업이라도 시작해 갚겠다며 돈을 빌려
달라고 했어요.

사교육비는 핑계였어요. 매형이란 작자는 생활비를 제대로
주지 않았어요. 저 혼자 즐기면서 가족은 방기한 거죠."

오열을 삼키는 남자의 격앙된 심정을 동정하듯 앵커의 목소
리가 몇 마디 흘러나오고 불에 탄 화재 현장의 참상이 적나라
하게 펼쳐졌다. 굽이 부러진 빨간색 하이힐, 깨어진 맥주 잔,
손님 중 누군가가 지녔을 반쯤은 타다만 지갑.

"가정을 가진 여자가 접대부라니, 죽어도 마땅해요. 저 여자
는 내 아내가 아닙니다."

고인이 된 아내를 마치 벌레만도 못한 취급을 하며 욕설을
퍼붓던 사내가 화면에서 사라졌다.

시민들의 반응이 이어졌다.

"먹고 살기 위해 접대부가 되다니 이해하기 힘듭니다. 차라
리 도둑질을 했다면 동정이라도 하지. 가족을 위해 희생양이
되었다구요? 말도 안 돼요. 돈도 벌고 즐기기도 하고, 두 가지
목적이었을 겁니다."

"초저녁부터 기분 잡치게 저런 건 뭐 하러 보니?"

눈물을 글썽이며 화면에 시선을 고정했던 미세스 고가 텔레비전을 껐다. 아무도 고에게 반발하는 사람은 없었다. 그저 멍하니 꺼진 화면 속에 잠식당한 채 일시에 찾아온 침묵을 지키고 있을 뿐이었다.

가족의 생계를 위해, 본능의 명령에 따라 움직였을 뿐인데, 편협적인 시선으로 소외당한 그들은 진실한 영혼마저 불 지옥에 던져버린 것이었다. 타인이 아닌 가족들에게까지 버림을 받아도 마땅하다는 시민들의 따가운 반응은 대기실에 앉아있는 미시들을 주눅들게 했다.

이 땅 어디에도 안주하지 못하고 어느 외지고 어드운 곳에서 떠돌고 있을 그들의 명복을 비는 마음으로 대기실은 숙연한 기운이 감돌았다. 인간의 땅으로 연결되지 않은 고립된 영혼의 섬에서 사후 세계에서만은 행복하길 바라며.

성격이 활발해 미시클럽 일대에 분위기 우먼으로 잘 알려진 미세스 박이 들어왔다. 박은 2년 째 이 근처의 클럽 대여섯 군데를 전전하다 3개월 전 이 곳으로 온 미시였다. 서른 여섯의 나이에 어울리지 않게 날씬한 몸매와 동안을 지녔기에 단골 손님도 줄을 이었다.

들어오자마자 환한 미소로 안부를 묻는 박은 호들갑을 떨며 축축하게 젖어있던 대기실의 공기를 환기시켰다.

“언니들, 어젯밤 별 일 없었어?”

“오가 아직 안 오네. 어제 새벽녘까지 남편이 마담하고 실랑이를 벌이던데. 어젯밤 2차 나간 거야?”

에로스 클럽 터줏대감 최가 걱정스럽게 주위를 둘러보며 물었다.

“2차는 무슨…… 남편 있는 몸이. 마지막 테이블의 그 작자들이 팁을 못 준다고 강짜를 부려서 요 앞 포장마차에서 한 잔 한다고 따라 나가던데.”

이 곳 종업원들의 첫 인사는 어젯밤의 안부를 묻는 것이었다. 대부분 가정을 가진 주부들이었기에 늦은 귀가는 남편들의 의심을 사기에 충분했다.

간혹, 능력이 없는 남편은 옳지 못한 방법으로 돈벌이에 나선 아내를 눈감아 주었지만, 직장을 가지고는 있지만 아이들의 사교육비를 감당하지 못해 어쩔 수 없이 아내에게 의존하는 남편들은 폭력을 일삼았다.

에로스 클럽의 12명의 종업원 중 사흘에 한 번 꼴은 남편의 폭력에 타박상을 입어 출근을 못하는 주부도 대여섯 명은 되었다.

손님이 들었는지 2명의 미시가 불려 나갔다. 매캐한 담배연기로 불쾌하던 대기실 공기가 문을 열자 쏜살같이 빨려 나갔다. 손님이 몰려들 시간이었다.

미현도 손거울을 꺼내 분단장을 했다. 눈썹을 그리고 조명

발을 잘 받는 옅은 브라운 아이섀도를 정성껏 칠하고 긴 속눈
썹을 붙였다. 또 한 테이블의 손님이 들어 3명의 미시가 불려
나갔다. 손놀림을 조금 더 빨리 했다. 립스틱을 꺼내 바르고 입
술 윤곽을 짙게 그렸다. 가볍게 볼 터치를 하자 목에 두른 도발
적인 색감의 스카프가 어울리지 않는 것 같아 조금 더 느슨하
게 풀어 헤쳤다. 마지막으로 짧은 미니 스커트를 갈아입고 대
기실 구석에 두었던 쪽빛의 하이힐을 신었다. 박과 미현, 장을
웨이터가 호명했다.

손님방으로 들어가기 전 웨이터는 엄지와 검지를 사용해 동
그라미를 만들어 머리 위로 올렸다. 팁이 후한 손님들이니 잘
만 하면 제법 두둑한 팁을 받을 것이라며 정보를 제공하는 제
스처였다.

"아유, 우리 귀염둥이. 고마워. 우리만 재미 보겠니? 이군도
기대해 봐."

박이 웨이터의 어깨를 두드리며 씽긋 윙크를 했다. 이군은
박의 손님들이 주는 팁의 위력을 잘 알고 있었기에 괜찮은 손
님이 들면 사내들을 잘 요리하는 박을 먼저 손님 테이블에 넣
어 주었다.

박이 손가락을 까딱거리며 눈짓을 했다. 미현은 무슨 일인가
싶어 박의 옆에 바짝 붙었다.

"장 언니와 한 테이블에 들기 싫어. 오늘도 깽판 놓으면 곤란
해."

"안 들면 어떻게 해? 손님이 셋인데. 다 테이블 들어가고 우리 셋만 남았어. 아무 일 없을 거야. 들어가자."

미현과 박, 장이 방으로 들어섰다. 때깔 좋은 사내 셋이 얘기를 주고받다 그들이 들어서자 대화를 중단했다.

그중 아랫사람인 듯한 사내가 박을 나이가 가장 많은 사내 옆에 앉혔다. 미현과 장도 대충 자리를 잡았다.

"우리 사장님 잘 모셔. 팁은 두둑하게 줄 테니까."

박의 파트너가 환심을 사기 위해 지갑을 열어 보였다.

"어머, 사장님. 팁이 문젠가요. 돈보다 더 중요한 건 마음이라고요."

박이 파트너의 팔짱을 끼며 아양을 부렸다. 사내들은 한바탕 웃음을 터트리며 박의 애교에 만족해 했다.

술상이 들어왔다. 잭 다니엘 한 병과 버번에 어울리는 다양한 안주와, 추가로 사내들이 주문한 특별 요리가 차려진 고급 술상이었다. 50만 원은 족히 될 것 같았다.

인근 미시 클럽의 영업방식은 월급이 없는 대신 술값의 10%는 접대부 몫이었다. 매상이 오를수록 접대부들의 수입도 늘어나는 것이다. 능력껏 받은 팁은 순수입이었다.

일반 유흥업소와 다른 점은 출퇴근은 시간별로 순번을 정해 당기거나 늦출 수 있어 자유로웠고 거의 주인은 종업원을 구속하지 않았다.

산전수전 다 겪은 그들이기에 돈을 목적으로 나온 영업장이니 만큼 손님 접대를 어떻게 해야 하는지는 주인보다 더 잘 알고 있었다. 다만 주인이 억압하지 않는 대신 자신이 접대한 손님은 책임지고 최선을 다해 서비스를 제공해야 한다.

종업원들의 태도에 따라 손님의 질이 달라지므로 미시들은 한 푼의 팁을 더 받기 위해 사내들의 거친 행동도 감수해야 했다.

몇 차례 술 잔이 돌아가고 취기가 오른 사내들이 화제를 돌렸다. 주제는 단연 성남시 주점에서 발생한 화재 사건이었다. 장의 파트너는 느글거리는 비웃음을 달고 도덕적 가치관을 치열하게 성토했다.

"내 마누라가 그런 짓을 했다면 사지를 찢어 발겼을 거야. 미친년들, 아무리 처먹고 할 짓이 없다해도 외간남자에게 가랑이를 함부로 벌리다니, 참 나."

"먹고 살려면 어쩔 수 없었겠죠. 당장 입에 거미줄 치게 생겼는데 맥놓고 굶어 죽을 순 없잖아요."

박이 침울하게 중얼거렸다.

묵묵히 듣고 있던 장이 사내의 말꼬리를 잡고 늘어지며 자신 없는 투로 중얼거렸다.

"중년을 훌쩍 넘기면 남편은 아내한테 무덤덤해지고, 아이들은 제 갈 길로 가고, 외롭고 억울한 건 여자들 이라구요. 남자들은 밖으로 나도는데 여자들은 죄졌어요? 얼마 남지 않은 인생 즐기면서 살아 야죠. 남자들만 재미보나……."

"어쭈, 요것 봐라, 남편이 있는 년이 외로워서 이 짓거리를
한다고? 기가 막혀서."

"어머? 사장님은 애처가예요? 이런 곳에 들락거리는 작자
들, 다 그렇고 그렇지 뭐."

"야 이년아, 접대도 모르냐 접대! 사업을 하다보면 말이야 이
런 곳은 필수고 더한 곳도 갈 수 있는 거야. 사나이 깊은 뜻을
너 같은 천박한 것이 어찌 알겠냐."

둘의 언쟁이 점점 고조되자 박이 슬쩍 끼어 들었다.

"장 언니, 우리 사나이 깊은 뜻을 알려고 하지 말자. 자 한 잔
씩 쭉 들이키고 기분 풀자구요."

분위기 조성에 앞장선 박이 잔을 가득 채웠다. 새초롬하게
눈을 내리깔고 있던 장이 사내들을 쏘아보며 싸늘하게 내뱉었
다.

"사장님은 원조교제를 하고도 남을 위인이에요."

사내의 표정이 일그러졌다. 당장 장의 멱살이라도 움켜쥘 기
세였다.

"뭐 이런 년이 다 있어! 아, 오늘 머리꼭지 도네. 주제 파악
도 못하는 년이 지랄이야. 야 이년아, 집구석에 얌전히 처박혀
있으면 밑구멍이 근질거리더냐? 이런 곳에 나오긴 왜 나와!"

"어머 사장님 흥분하지 마세요. 즐기러 오셨으면 즐겁게 놀
아야죠. 혈압 오르면 건강에 좋지 않아요. 별것 다 신경 쓰셔.
저 언니는 사내 없이는 단 하루도 못 산다구요. 사내를 후리려

면 술집에 나와야 쉽게 꼬시죠."

박이 분위기 우먼답게 성이 난 사내 편을 들었다. 장은 박의 태도에 불만을 품고 쓸개도 없는 년이라며 욕설을 퍼부었다.

박은 장을 무시하고 연신 안주를 주위 씹었다.

"저년 아가리를 날려 버릴 거야."

장은 사태를 악화시키기에 주력했다. 하지만 박은 초연하게 장의 협박을 묵살해 버렸다. 참다못한 장의 사내가 소리를 버럭 질렀다.

"야 이년아, 너 꺼져. 너 같이 재수 없는 년은 싸대기라도 갈겨서 내보내야 하는데 내가 참는다 참아."

"흥! 나가라면 못 나갈 줄 알아. 팁 몇 푼 못 번다고 굶어 죽진 않아."

장은 신경질적으로 문을 거칠게 닫고 나가 버렸다.

장의 대타로 채가 들어오자 분위기는 언제 그랬냐는 듯 화기애애하게 변했다.

주도권을 잡은 박의 노래가 구성지게 흘러 나왔다.

사내들은 젓가락을 사용해 박자를 맞추며 몸을 흔들어 댔다. 술이 바닥났다. 박은 사내들의 기분이 한껏 고조된 틈을 타 용의주도하게 팁을 울궈 냈다. 박의 파트너가 2만 원의 팁을 미현과 채와 박의 가슴으로 집어넣었다.

"사장님, 술 떨어졌다. 한 잔씩 더하고 화끈하게 놀아보자 응? 까짓 이래도 한세상 저래도 한세상. 살날이 얼마나 남았다고 아둥바둥 살아. 한 잔씩 더 하자 응?"

박은 비음을 섞은 목소리로 사내들을 유인했다. 빈 상이 치워지고 새로운 술상이 들어왔다. 사내들은 마치 자랑이라도 하듯 돈 뭉치를 꺼내 흔들며 부를 과시했다.

파트너의 허락을 받은 박이 화장실을 가자며 미현을 불러냈다. 대기실 쪽, 사람의 왕래가 뜸한 곳으로 간 박은 심난하게 한숨을 푹 쉬었다.

평상시 대담하게 일 처리를 해 나가던 박은 왠지 초조해 보였다. 박은 머뭇거리며 미현의 눈치를 살폈다.

"무슨 일이야. 할 말 있으면 망설이지 말고 해."

"저 사내들 돈이 좀 있는 것 같은데 울궈 내자. 나…… 돈이 필요해."

2년 씩이나 미시클럽을 전전했다던 박은 단 한번도 사내들에게 몸을 허락하지 않았다고 했다. 박의 처지는 그만큼 절실했던 모양이다. 사내를 후리는 농도가 짙어질 수록 2차도 작정해 두어야 했다. 달아오른 사내들은 술자리가 끝난다고 해도 욕심을 채우지 않고는 그냥 돌아가는 예가 드물었다. 2차란 외박을 의미했다.

미현은 대답 대신 고개를 끄덕여 동의를 했다. 박은 시무룩한 표정을 바꿔 환한 웃음을 지어 보였다. 서글픔과 억울함은 애초에 등진 사람처럼. 처절하고 비통한 박의 심정이 위선의 웃음을 따라 넘실거렸다.

"옷을 더 껴입고 가자."

"옷은 왜?"

"언니는 내가 하는 대로 따라하면 돼. 팁을 두둑이 받을 수 있을 테니까."

박은 대기실로 들어가 미리 챙겨 두었던 속옷을 껴입었다. 미현도 벗어 두었던 스타킹을 신고 겉옷을 걸쳤다.

"자자, 오빠들. 우리 재미있는 게임 할까?"

박은 취기가 올라 풀어진 사내들의 관심을 한곳으로 집중시켰다.

"허허, 이년 봐라. 팬티 깔 때 틀리고 팬티 올릴 때 변하는 게 여자 맘이라지만 그새 호칭까지 바꾸고 지랄하네."

"에이 오빠는, 그러니 내 마음이 지금 오빠한테 사로 잡혔다는 거 아니겠어? 오빠한테 푹 빠져 허우적거리고 싶다."

사내는 박의 작위적인 애교가 싫지 않은 듯 게임의 내용이 어떤 건지 궁금해 죽겠다고 닦달했다.

"투시 게임. 얼마 전 일본에서 발명했다던 거 왜…… 옷을 입고 있어도 나체 사진이 찍힌다는 투시 사진기 들어봤지? 여기서 투시 게임이란 뭐고 하니, 껍데기를 홀딱 벗는 거야. 오빠들 너무 순진하다, 투시 게임도 모르고. 우리가 옷을 하나씩 벗을 때마다 오빠들이 돈을 거는 거야."

미현의 파트너가 은근히 다리를 쓰다듬었다.

"야야, 관둬라. 쭉쭉 빵빵한 젊은애들이라면 모를까. 군더더기가 잔뜩 낀 아짐들의 몸매가 눈요기나 되겠냐? 보름에 한번 볼까 말까한 마누라도 지겨운데."

박의 파트너는 호색취향을 노골적으로 드러내고 평범한 것은 싫다고 쐐기를 박았다.

"에이, 오빠는 젊은애들 뭐 볼게 있다구. 일단 한번 봐 봐. 만약 오빠들 마음에 들지 않는다면 팁은 돌려줄게. 홀에도 빈 자리가 많을 텐데 방으로 들어온 이유가 뭘까? 즐기기 위해서 들어온 거 아냐? 오빠들 내숭 너무 깐다."

사내들은 음흉한 표정으로 자기들끼리 의뭉스러운 눈빛을 주고받더니 박을 상 위로 번쩍 들어 올렸다. 박의 블라우스가 사내의 손놀림에 의해 쉽게 바닥으로 흘러 내렸다. 사내는 박의 스타킹을 벗기고 맨다리를 훑어 내리더니 곧장 팬티를 끌어 내렸다.

"오빠, 팁은 선불이야."

박이 몸을 흔들며 사내의 손에 들려진 지갑을 가슴으로 쑥 밀어 넣었다. 사내는 마른침을 꿀꺽 삼키고 지폐 세 장을 꺼내 사타구니로 쑤셔 넣었다. 군살 하나 없는 매끈한 몸매가 드러나자 사내는 팁이 아깝지 않다는 듯 연신 박의 가슴과 오므린 사타구니를 쓰다듬었다.

나체가 된 박이 상 위를 한 바퀴 돌아 파트너 옆에 앉았다.

다음은 미현 차례였다. 미현의 파트너는 다른 사내들과 달리 말수가 적었다. 사내는 덜덜 떨리는 손을 어쩔 줄 몰라하며 간신히 스커트를 끌어 내렸다. 미현은 뚫어져라 사내를 바라보며 차라리 사내가 더 적극적으로 자신을 농락해 주기를 바랬다.

형언할 수 없는 서러움이 복받쳐 올라 자칫 그 서러움을 토해 버린다면 술판이 깨져 박의 계획이 수포로 돌아갈 수도 있었고 지금까지 헌신한 봉사료가 사라질 수도 있었다.

뭉그적거리는 사내의 손을 끌어 음부에 대었다. 음탕한 분위기는 더욱 고조되었다. 금새 흘러내릴 것 같은 눈물이란 존재를 잊어야 했기에 투시 게임에 열중했다.

벌겋게 달아오른 사내는 가쁜 숨을 헉헉 불어내며 연신 헛기침을 해댔다. 허벅지에 끼인 6만 원과 추가로 사내가 가슴에 찔러준 2만 원, 총 8만 원이 미현의 몫이었다.

나체가 된 미현과 박, 채는 사내들의 손길을 요리 조리 피하며 더 많은 팁을 받기 위해 사내들을 요리하기에 온 신경을 다 기울였다.

사내들의 요구가 많아질 수록 그들의 지갑은 비어졌다. 사내들은 아이들 껌 값에 불가한 금액이라며 즐겁게만 해주면 팁은 얼마든지 줄 수 있다고 큰소리를 쳤다.

마침내 욕정을 참다못한 사내들은 자신들의 옷을 벗어 던졌다. 사내들의 육탄전과 이를 피하려는 여자들의 숨가쁜 놀음은 음담패설과 욕설로 이어졌다.

사내들은 즉석 짝짓기를 제의했다. 박이 애교를 잔뜩 베어
문 콧소리로 거절했다.

"어머 어머, 이 오빠 좀 봐. 눈치 보느라고 흥이 나겠어?"

"야, 이년아. 니들은 신문도 안보니? 거 왜, 인터넷 채팅을
통해 서로 알게된 놈들이 동호휜가 뭔가를 만들어 지들 마누라
까지 바꿔가며 그룹 섹스도 하는 세상인데, 드러내 놓고 몸을
파는 년들이 왜 못하겠다는 거야."

"에이 오빠도. 그런 사람들이야 일상이 권태로워서 즐기기
위해 자연스럽게 그 짓을 하지만 우린 먹고 살기위해 하는 짓
이잖아."

"뭐야? 그럼 요는, 돈을 더 달라? 야 이년아, 팁을 더 주면
될 거 아냐. 얼마나 더 주면 되겠냐?"

"오빠, 이렇게 하면 어떨까? 내 파트너는 여기 남고 언니들
오빠는 2차를 나가면…… 그룹 섹스는 좀 그렇다. 오빠들이 막
되먹은 사내놈들이라면 당장 질펀하게 놀아 보는 건데 오빠들
같이 점잖은 분들이 짐승처럼 그룹으로 캬르릉 거린다는 건 체
면 구겨지는 일이잖아."

박은 사내들이 기분 나쁘지 않을 정도로 그들의 요구를 거절
하며 부추겨 세웠다.

사내들은 박의 의견에 동의하고 2차 팁까지 지불한 뒤 미현
과 채에게 휴대폰 번호를 적어주었다. 여관을 잡고 서로 연락
을 하기로 한 것이다.

두 사내는 바쁜 걸음을 재촉해 클럽을 나갔다.

박은 간단한 술상을 더 주문했다. 클럽 종업원들 사이에 2차 행위가 입에 오르내리게 된다면, 남편에게 알려지는 건 시간 문제였다. 철저히 의심의 소지를 위장해야 했다. 비록 미현과 채가, 알고 있다 하더라도 믿을 수 있는 언니들이었기에 마음을 놓을 수 있었다.

남편의 눈을 피해 돈을 더 벌려면 2차는 클럽 내에서 해결해야 했다. 남편은 퇴근 시간이 되면 클럽 앞에 차를 세워 놓고 박을 기다리고 있을 터였다.

박이 흐트러진 모습으로 대기실에 나타났다. 허탈하게 한숨을 내쉰 그녀는 담배 먼저 빼어 물고 연거푸 연기를 뿜어댔다.

미현은 박에게 다가가 흐트러진 머리를 다듬어 주었다.

"난 무서워……. 앞으로 나는 어떻게 되는 거지? 우리 남편은 교활한 건지 어리석은 건지. 내가 무슨 짓을 하건 믿는데. 웃음을 팔건 몸을 팔건 아무 상관 안 하겠다는 것인지, 남편이란 작자가 제 마누라를 거리로 내몰고 있어. 사업 자금이 필요하대. 2년이나 이 짓을 해서 갖다 바쳤는데 매번 이번이 마지막이다, 한번만 더, 한번만 더…… 결국 여기까지 오고 말았어. 이젠 자식이고 뭐고 다 버리고 떠나고 싶은 심정이야."

박이 오열했다. 좁은 대기실 안은 박의 울은 소리로 가득 찼다.

한참을 울고 난 박은 여우비가 내린 후 갑작스레 돋아난 오색의 무지개를 바라보듯 몽롱하게 실눈을 떴다.

그녀의 두 볼이 부드러운 붓으로 분홍 볼연지를 터치해 놓은 것 같았다. 분분히 흩날리는 꽃길로 포장된, 삶의 궤적을 따라 걷는 미소녀처럼 박은 아름다웠다.

"자존심도 없는 년들이 지랄들하고 자빠졌네. 끼리끼리 논다더니 그 말은 네년들을 위해 생겨난 말 일거야."

서로 위로하는 그녀들의 행동을 지켜보던 장이 코웃음치며 비아냥거렸다. 미현은 위화감을 조성한 장에게 눈짓을 하며 그만 두라는 표정을 지었다.

"언니, 미안하게 됐어."

박이 사과를 했지만 장은 룸에서의 일이 괘씸했는지 물러서지 않고 비꼬았다.

"허긴 사내들을 꼬드겨야 입에 풀칠이라도 할 수 있으니 자존심 있는 내가 참아야지. 너 같은 년들 상종해 봤자 똑같은 년만 되지 뭐."

박이 장을 노려보았다.

"노려보면 어쩔 거야 이년아. 싸가지 없는 년. 오죽 못난 남편이면 사내놈이 마누라 씹 팔고 웃음 팔아 돈 벌어 오라고 출퇴근을 시켜 주냐."

기어이 장은 박의 자존심을 건드렸다.

"뭐? 그래, 이년아. 내 남편은 돈 없고 능력 없어 내가 몸팔아 먹여 살린다. 그런 네년은 뭐가 부족해서 외국 나간 남편 몰래 바람피고 씹질 하러 다니냐?

　이년아, 네년 애인이 널 버려서 외로워서 이런 곳에 나온다
고? 골 빠진 년. 그래, 오늘은 놈 씨가 안 물려 외로워서 어찌
견딜까. 그 긴긴밤을 자위라도 하지 그러니? 왜 더기실에 죽치
고 앉아서 깽판을 놓냐."

　"미친년, 꼴 같지 않은 남편 있다고 큰소리치긴. 이년! 남편
없는 년의 맛 좀 봐라."

　장이 박의 머리채를 휘어잡았다.

　둘은 엉겨붙어 괴성을 지르며 치고 받았다. 재떨이가 깨어지
고 피다만 담배 꽁초가 바닥에 흩어졌다.

　좁은 대기실 안은 순식간에 전쟁터를 방불케 했다. 약이 오
를 대로 오른 두 여자를 떼어 내기란 역부족이었다. 한 사람이
지쳐 지레 주저앉던가 물리적 힘을 빌어 뜯어말리는 수 밖에
없었다.

　젊은 박이 몸싸움에 우세했기에 미현은 더 두고 보기로 했
다. 장은 이간질에 능하고 괴팍스러운 성격을 가지고 있어 그
리 편치 않은 여자였다. 자신의 잘못을 인정할 기회가 지금이
아닐까 싶은 생각이 들기도 했다.

　미시클럽에 나오는 여자와는 다른 부류여서 매번 종업원들
에게 눈총을 받았지만 이에 굴하지 않고 제멋대로 행동했다.

　박이 장을 올라타 주먹질을 해댔다. 피범벅이 된 장은 입만
살아 욕설을 퍼부었다.

"팁 한 푼 더 받자고 사내들한테 엉겨붙는 네년들 보면 구역
질이 나."

"그래, 이년아. 난 돈이 좋아. 네년처럼 사내가 좋아서 온몸
이 달아오르지 않아 다행이야."

박은 결핍된 그 무엇을 쟁탈하려는 여 전사처럼 용감무쌍했
다. 장이 고통스러워 할 수록 미현은 가슴이 후련해졌다. 자신
이 해야 할 일을 박이 대신해 주고 있다는 착각마저 들었다.

"그만해. 이러다 죽이겠다."

내심 말리고 싶지 않았지만 기세 등등한 박을 슬쩍 잡아끌었
다. 장은 이미 기력이 소진해 탈진 상태에 가까웠다. 박이 손을
탈탈 털며 바닥에 주저앉았다. 장은 정신을 잃었는지 꼼짝도
않고 누워 있었다.

그때 막 휴대폰이 울렸다. 사내들이었다. 미현은 잠시 난감
해졌다. 피범벅이 된 장을 그대로 남겨두고 갈 수가 없었다. 상
종도 하기 싫은 여자였지만 동료에게 맞아 까부라진 장이 한편
으론 애처롭기도 했다.

장을 일으켜 대충 피를 닦아주고 밖으로 데리고 나왔다.

"어서 가 봐. 장 언니는 내가 집까지 데려다 줄게. 우리남편
저기 와 있어."

박이 장을 부축했다. 장은 고분고분 박이 이끄는 대로 힘겹
게 발걸음을 옮겼다. 미현은 차가 떠나는 것을 보고 나서야 사
내가 떠올라 모텔을 향해 걸음을 재촉했다.

*

　다음날 아침 서둘러 병원으로 향했다. 병원 입구에 이르자 굵은 빗방울이 떨어졌다. 보름만에 찾은 병원이었다.

　태욱은 목발을 짚고 병원 로비에서 운동을 하고 있었다. 피골이 상접했던 전과는 달리 제법 살이 올라 예전의 모습을 되찾아 정상인에 거의 가까웠다.

　운동에 열중인 그에게 방해가 될까봐 병실로 곧장 올라갔다. 환자 보호자들이 청소를 하던 중이었는지 문은 활짝 열려 있었다. 병실로 들어서려던 미현은 입구에 멈춰서 고개를 떨구고 말았다.

　가희가 태욱의 속옷을 개고있는 중이었다.

　가희의 병원 출입은 이미 알고 있었다. 태욱을 돌봐 주지 못하는 그녀로선 가끔 문병을 와 주는 가희가 고맙게도 생각되었었다.

　하지만 지금 가희는 마치 그의 아내인양 뽀얗게 세탁한 속옷을 개고 있는 것이었다. 그토록 사랑했던 태욱의 가슴 속에 가희는 뿌리를 내리려 하고 있었다.

　여러 가닥의 타협할 수 없는 분노가 엄습했다. 그 분노는 자신을 향한 분노였다. 자신은 남편을 지키려고 이렇게 사는데, 그 남편은 새로운 뿌리를 내리려하고 있어도 대항도 할 수 없는 처지라니, 극심한 박탈감이 전신을 감싸 그를 위해 바친 세월들이 덧없어졌다.

영원히 태욱과 함께 하리라 염원했던 다짐들이 수증기처럼 날아올라 흔적도 없이 사라질 것만 같았다. 심한 결핍 증상을 억제하며 어깨를 감싸 안았다. 으스스 오한이 밀려왔다.

"들어가지 않고 여기 서서 뭐해?"

언제 왔는지 태욱이 퉁명스럽게 내뱉고는 병실로 들어섰다.

"운동량을 늘여야겠어요. 잠시 쉬고 다시 운동하러 갈 거죠?"

가희는 미현의 존재를 무시하고 태욱을 부축해 침상으로 이끌며 나긋나긋하게 속삭였다.

미현은 죄인처럼 고개를 푹 숙이고 그들의 대화를 떨쳐 내려고 뜬구름처럼 흩어지는 마음을 수습했다.

"오랜만이야……. 가희야."

가희가 건성으로 돌아보았다.

"날 감시하러 왔니? 네 남편을 뺏을까 봐? 설사 내가 뺏는다 해도 넌 입이 열 개라도 할 말이 없지 않겠니?"

매섭게 노려보는 가희의 눈엔 증오가 이글거렸다.

"얘기 좀 하지."

두 여자의 심기가 불편한 걸 눈치 챈 태욱이 앞장을 서 절뚝거리며 층계를 내려갔다. 병원 밖으로 나온 그는 인적이 뜸한 곳에 이르러 푸른 살기를 띤 눈으로 그녀를 꿰뚫어 보았다.

"당신, 여기가 어디라고 그런 꼴로 나타나는 거야. 그 옷차림

하고 덕지덕지 처바른 화장은 좀 지우고 오면 안되나? 꼭 티를 내야겠어?"

땅바닥에 시선을 집중시키고 가급적 태욱을 보지 않으려고 애썼다. 노골적으로 차림새에 불만을 터트리며 화가 난 그의 모습은 한번도 상상해 보지 않은 험악한 태도였다. 오랜 병마에 시달려서 신경이 예민해진 거라고, 스스로를 어루만졌지만 섭섭함은 지워지지 않았다.

미현은 태욱에게 점점 잊혀지고 있다는 사실을 직감해야 했다.

"나 곧 퇴원한다. 퇴원하고 통원 치료를 받아야 한다니까 이곳에 머물면서 치료를 받을까 해. 이 몸으로 교통이 불편한 고향으로 돌아가서 치료를 받는다는 건 불가능할 거고. 방이 하나 필요하다. 이왕이면 병원에서 가까운 곳으로. 어머니가 수발을 들어주신 다니까 당신은 신경쓸 것 없어."

태욱은 용건만 간단히 말하고 의자에서 일어났다. 미현은 부지런히 방 값과 병원에서 가까운 곳, 통원 치료를 받기 편한 곳을 머리로 물색했다.

"돈 있으면 좀 주고 가라. 필요한 게 많아."

그녀는 생각에 골몰한 나머지 대답을 하지 못했다.

"야! 내 말이 말 같지 않냐?"

그는 버럭 화를 내며 우두둑 손가락 관절을 꺾었다. 어젯밤 몸을 팔아 번 돈을 몽땅 꺼내 주었다. 제법 큰 돈이었지만 그는 돈을 빼앗고는 아무런 말도 없이 출입구를 향했다. 단 한 마디만 위로의 말을 해 주었으면 좋으련만 그는 뒤도 돌아보지 않고 사라져 갔다.

미현은 쓸쓸히 돌아섰다. 하지만 발걸음은 전처럼 무겁지는 않았다. 태욱이 완치되어 곧 아이들 품으로 돌아간다니, 가슴 한편에 걸어 잡고 놓지 않았던 희망이 기쁘게 들떴다.

태욱은 로비 기둥에 숨어 아내를 훔쳐보았다. 힘없이 주차장을 가로지르던 아내는 자칫 출구를 들어서던 차와 접촉해 사고를 당할 뻔했다.

아내가 주춤거리며 넘어지려고 했다. 몸이 반쯤 자동으로 앞을 향해 쏠렸다. 자신도 모르게 '위험해!'라고 소리쳤을 때 아내는 로비를 힐끔 쳐다봤다. 다행히 아내는 별탈없이 주차장을 빠져나가 도로 건너편에서 병원을 바라보았다.

힘없이 돌아가는 아내의 뒷모습이 보기 싫어 층계를 올랐다. 따뜻한 위로의 말 한 마디라도 해 줄 것을, 아내의 손이라도 잡아 줄 것을. 나약한 모습을 보이지 않기 위해 위악을 부렸던 자신이 몸서리 쳐지게 싫었다.

서러움이 복받쳐 올라 눈망울이 적셔졌다. 만신창이가 된 몸과 마음을 숨기기 위해 화려한 색상의 외피를 걸치고 짙은 화장술로 변장한 아내의 심정을 모르는 것은 아니었다.

자신의 나약한 감정을 내비치지 않는 것이 아내를 위한 최선의 방법이라 생각되었다. 언제나 태욱 앞에서 당당하지 못한 태도로 미안함과 죄스러움을 풀어놓는 아내를 인정하기 싫었다. 아내는 언제나 당당해야 했다. 최소한 자신의 앞에서만은.

충계를 반쯤 올라 거리를 바라보았다. 후줄근히 비에 젖은 아내는 꼼짝도 않고 그 자리에 서 있었다. 빗방울은 더욱 굵어졌다.

비릿한 아내의 냄새가 썩은 하수처럼 빗물을 타고 흘러내렸다.

'우산을 펴. 어서 돌아가.'

태욱은 몹시 슬퍼서 늪에 빠진 듯이 양손을 허우적거리며 손짓을 했다. 아내는 돌아갈 생각도 않고 마냥 비를 맞고 있었다. 길을 가던 사내 하나가 아내 곁으로 다가갔다. 아내는 뒤로 주춤거리며 물러났다. 사내가 아내의 손을 잡고 어딘가를 가리켰다. 아내는 젖은 참새처럼 파드득거렸다. 사내가 바짝 다가가 아내의 허리를 안았다. 아내가 근무하는 유흥업소의 단골 손님 같았다.

추적추적 사내의 뒤를 따르는 아내. 아무리 드러내놓고 몸을 파는 입장이지만 자신의 눈앞에서 유린당하는 아내의 모습은 심한 모멸감을 안겨 주었다. 태욱은 창문을 활짝 열고 창틀에 긴 먼지를 후벼팠다.

결국 아내는 사내에게 질질 끌려 어디론가 가고 있었다. 사내가 받쳐 든 우산이 아내를 가려주었다. 아내가 비를 맞지 않게 되어서 다행이었다.

"네가 믿었던 난, 이 정도의 인간이야. 더 이상 네 생을 낭비하지 마."

아내가 사라지자 올랐던 층계를 내려와 아카시아나무 곁으로 다가갔다. 뾰족이 돋아난 가시에 손을 대고 문질렀다. 따끔한 감촉이 느껴졌다. 하지만 육체의 고통은 마음의 고통에 비할 수 없을 만큼 미미했다.

"이 바보야! 차라리 김 사장 옆에서 편하게 살지 왜 뛰쳐나왔니! 이젠 널 잊고 싶어. 널 철저히 천덕꾸러기로 만들어 내 곁에서 떼어 내고 싶어. 널 피해 안전한 곳으로 사라지고 싶어!"

기어이 참았던 눈물이 흘러 내렸다. 몸을 의지했던 목발이 바닥을 나뒹굴었다. 아내가 건네준 돈이 경박하게 제멋대로 날려 빗물이 고인 웅덩이에 흩어졌다.

그는 흩어진 돈을 주웠다. 한 장 한 장 차곡차곡.

"이 돈으로 내가 무얼 할 건지 알고있니? 새로 생긴 내 연인을 위해 자판기에서 음료수를 뽑아주고, 그녀의 주전부리를 사주고…… 날 위해 영양제를 사 먹으려고 해. 너를 위해선 단 한 푼도 쓰지 않아!"

컥컥 목이 메어왔다. 흐느낌이 격해져 신열이 올랐다.

태욱은 나무를 부둥켜안은 두 손에 가시가 깊이 박혀 들 때까지, 통증이 느껴질 때까지 목놓아 서럽게 울었다.

＊

　태욱이 퇴원을 하는 날, 화창한 봄 햇살이 축하라도 해 주듯 맑게 개인 하늘을 찬란하게 달구었다. 구름 한 점 없는 파란 하늘은 금새라도 푸른 물줄기를 와르르 쏟아 부울 것 같았다. 밤새 술을 마셔 머리가 지근덕거렸지만 그의 퇴원은 피곤을 말끔히 씻어 주었다.

　그 동안 모아둔 돈을 털어 병원에서 가까운 곳에 보증금 500만 원에 월 20만 원짜리 원룸도 하나 구해 놓았다. 어머니와 함께 지내기엔 적당한 12평의 원룸이었다.

　미현은 서둘러 병실로 향했다. 병실엔 어머니와 가희가 퇴원 절차를 밟고 있는 태욱을 기다리는 중이었다.

　"바쁠 텐데 뭣 하로 왔노."

　어머니는 쌀쌀 맞았다. 의자에 앉지도 못하고 멀거니 서서 눈을 내리깔았다. 그때 태욱이 들어왔다. 태욱은 미현을 흘긋 쳐다보고 점퍼를 걸쳤다. 태욱의 반응도 냉담했다.

　"열쇠 이리 내라."

　"열쇠는 며칠 전 드렸잖아요. 무슨 열쇠요?"

　미현은 의아해서 반문했다.

　"네가 가지고 있는 여분의 열쇠 말이다. 내 아들 병 수발은 내가 할란다. 마음이 편해야 몸도 빨리 낫는 기라. 가뜩이나 심기가 편치 않은 애비가 네가 들락거리면 더 불편하지 않겠나."

태욱을 돌아보았다. 그는 묵묵히 운동화 끈을 매고 있었다. 그녀는 그들로부터 멀리 유배되어 가는 기분이었다.

지갑에서 열쇠를 꺼내 주었다. 낚아채듯 빼앗은 어머니는 병실에서 사용하던 물건들을 보따리에 주워 담았다. 옷가지 안에 아무렇게나 던져진 열쇠는, 미현의 존재가 골이 깊은 산 구릉 속에 유폐되듯 매듭 속에 봉합되었다.

"제가 들게요."

어머니가 들은 보따리를 마주 잡았다.

"가희도 있고, 그리 무겁지 않다. 됐다마. 넌 그만 가 보그라."

어머니는 비난과 경고를 자유 자재로 만들어 그녀에게 퍼부었다. 아득한 비통함이 등뼈를 쓸고 내려갔다. 그들이 퍼붓는 야유와 경멸에 히스테릭해졌지만 무심한 척 뒤를 따라 나섰다.

밖으로 나오자 화사한 햇살이 망막을 찔렀다. 가희는 태욱의 팔짱을 끼고 연신 어머니와 이야기를 나누며 자신의 차로 향했다.

미현은 눈을 찡그리고 하늘과 그들을 번갈아 보며 갈 곳을 잃은 어린아이처럼 주차장 한 곁에 서서 자신의 위치를 가늠해 보았다. 가희가 차에 시동을 걸었다. 안절부절 갈피를 못 잡던 미현은 재빨리 창문을 두드렸다.

"진영아빠, 같이 가면 안 돼요? 당신 짐만 정리해 주고 바로 나올게요."

"됐다. 짐이랄 게 뭐 있어. 바쁜 사람이 한가하게 시간이 나겠나."

어머니의 매정한 한 마디였다.

차가 매연을 잔뜩 뿜으며 출발했다. 태욱은 눈길 한번 주지 않은 채 야속하게 멀어져 갔다.

힘이 쭉 빠져 꼼짝할 수가 없었다. 가도가도 끝이 없는 사막에 홀로 남겨진 심정이었다. 죽음을 목전에 둔 사형수도 이처럼 암담하진 않을 것 같았다.

'왜 저리 햇살은 따가운 거야, 눈물나게…….'

미현은 괜한 심통을 부리며 애꿎은 햇살만 원망했다. 찬란한 햇살이 눈시울을 투영했다. 두 눈에서 진주알 같은 눈물이 떨어져 내렸다.

원룸으로 옮긴 태욱은 미현의 전화를 거부했다.

수화기를 들고서도 그녀의 목소리만 전해지면 바로 끊어 버렸다. 단 한번만 목소리를 들려 달라고 애원해도, 협박에 가까운 엄포를 놓아도 그는 결코 반응이 없었다.

일을 마친 새벽녘, 지친 몸을 이끌고 원룸을 찾아가 아무리 벨을 눌러도 안에서는 기척이 없었다. 인터폰에 비친 방문객의 모습을 안에서는 보고 있을 터였지만 두 모자는 문밖으로 모습을 드러내지 않았다.

태욱이 보고 싶어 견딜 수 없었다. 통원 치료를 받는 날이면 다짜고짜 달려가 그의 성난 표정만 물끄러미 바라보다 돌아오고 말았다. 그 옆엔 항상 가희가 있었다. 멀찍이 숨어 그의 모습을 훔쳐보는 날이면 느닷없이 나타난 어머니의 불호령이 떨어졌다.

"그 꼬라지로 나타나믄 애비가 맘이 편하겠나. 챙피스러워서 치료나 제대로 받것나?"

그를 멀리서나마 보게 해 달라고 시도 때도 없이 무릎을 꿇고 사정했다.

그간 벌어놓은 돈 뭉치를 꺼내놓으면 어머니는 잠시 마음이 풀어져 흠흠거리며 그녀를 내버려두었다. 그러나 곧 정색을 하며 태욱에게 접근하지 말라고 엄명을 내렸다.

"내 치료비가 하도 많이 들어가니까 받긴 한다 만도 애비가 다 나을 때까지는 얼씬도 하지 말그라. 앞으로 돈은 이 곳에 넣고."

어머니는 통장 계좌번호를 넘겨주고 종종 걸음으로 멀어졌다. 어머니의 강경한 명령은 몸과 마음을 황폐화시켰고 그리움은 불쑥불쑥 다가와 애간장을 녹였다.

태욱이 치료를 마치고 원룸으로 향하면 그녀는 미행자처럼 뒤따르며 그를 한번이라도 더 보려고 기웃거렸다.

가희가 풀어놓는 환한 웃음과 태욱의 만족한 웃음, 그들을 바라보는 어머니의 애정 어린 눈길이 건물 안으로 사라지면 허방을 밟고 있는 것처럼 금세 다리가 후들거렸다.

달력에 그려 넣은 붉은 동그라미 날짜가 내일로 다가왔다. 한달 전부터 손꼽아 기다린 날이었다.

내일은 태욱의 생일이었다.

미현은 클럽 일을 하루 쉬기로 하고 생일 음식거리를 잔뜩 사들고 한의 집으로 향했다. 얼마 만에 요리를 해 보는 건지 마냥 즐겁기만 했다. 야채를 볶고 시금치를 데치고, 미역을 곱게 풀어 저녁 내내 미역국을 끓였다.

연신 콧노래를 흥얼거리는 미현을 보고 한도 덩달아 신이 났다.

"오랜만에 사람 사는 집 같다, 그치."

한은 잡채를 둘둘 말아 맛을 보며 즐거워 했다.

"내일 음식해서 간다고 진영아빠한테 연락은 했어?"

"아니……. 통원 치료도 없는 날이고 집에 있을 건데 뭐. 그냥 가면 돼."

"전화도 안 받아 준다며 미리 연락을 해두지……. 지난 번처럼 문전 박대 당하면 어쩌려고."

미현의 생활을 누구보다 잘 아는 한은 걱정이 되는지 시무룩히 집었던 튀김을 내려놓았다.

*

밤새 잠을 설친 미현은 동이 트기도 전에 원룸으로 향했다.

음식 보따리가 제법 묵직해 절로 흐뭇해졌다. 온 가족이 모이진 않지만 얼마만에 차려주는 생일상인가. 태욱과 마주 앉아 음식을 먹는 상상만 해도 마음이 설레였다. 3층인 원룸은 걸어서도 금방 일텐데 몇 초의 시간도 아끼고 싶어 엘리베이터를 이용했다.

무슨 중요한 의식이라도 치르듯 숨을 가다듬고 벨을 눌렀다. 안에서는 기척이 없었다. 아직 일어날 시간이 되지 않은 건가, 느긋하게 동이나 트고 올걸, 후회가 막심해 보따리를 바닥에 내려놓고 층계를 내려왔다.

곤하게 자는 사람을 방해하고 싶지 않아 주차장을 돌고 광장을 가로질러 베란다가 잘 보이는 분수대까지 걸었다. 맛있게 음식을 먹는 태욱의 모습이 환한 햇살 속에 아른거려 발걸음이 경쾌했다.

분수대 난간에 걸터앉아 혹시 그새 태욱이 일어나지 않았을까 베란다를 올려다보았다. 베란다 빨랫줄에 태욱의 옷 몇 가지와 가희의 보랏빛 투피스가 널려 있었다.

'가희 옷이 왜 저기 널려 있을까.'

그녀는 심장이 쿵쾅거려 진정이 되지 않았다. 독 기운이 든 한약 한 사발을 들이킨 것 같았다.

곧바로 달려 층계를 단숨에 올랐다. 숨이 턱까지 차 올랐다. 연속해서 인터폰을 누르고 문이 열리기를 기다렸다. 문은 열리지 않았다.

주먹을 쥐어 문을 두드렸다.

"진영아빠, 저 왔어요."

신문 배달을 온 젊은 남자가 의아한 듯 그녀를 흘긋거렸다.

"진영아빠, 문 좀 열어줘요."

이번엔 옆집 여자가 빼꼼이 현관문을 열고 인상을 찡그렸다.

"아줌마, 인터폰 고장났어요? 왜 이리 시끄러워요. 혼자 사는 것도 아니고 말이야. 예의가 없어."

여자의 힐책도 들리지 않았다. 오로지 문이 열리기만 학수고대했다.

벨을 누르고 두드리고 발길질을 해도 아무도 나오는 이가 없었지만 이대로 멈출 수 없었다. 태욱을 보기 전에는 절대로 돌아갈 수도 없었다.

체념하고 한참을 쪼그리고 앉았다. 기다리고 기다리면 언젠가는 문은 열리겠지.

안에서 인기척이 들려왔다. 어머니의 기침 소리였다. 우유 투입구를 열고 안을 살폈다. 가지런히 놓여있는 세 켤레의 신발. 투입구를 살며시 닫았다. 더 이상 의심의 여지가 없었다. 가희는 분명 집안에 있었다.

그새 동이 터올라 햇살이 비치기 시작했다. 출근을 하는 사람들이 복도를 지나갔다.

피식피식 웃음이 새어 나왔다. 여기서 왜 이러고 있는지, 미친 여자 보듯 하며 오가는 사람들의 이상한 눈초리를 왜 견뎌야 하는지 한심하고 서글퍼서 새어나오는 헛웃음이었다.

어디선가 고소한 냄새가 풍겨왔다.

미역국 냄새 같기도 하고 참기름을 듬뿍 넣은 태욱이 좋아하는 잡채 냄새 같기도 했다.

"어머니, 미현이 갔나 봐요, 조용해요. 케이크만 사서 곧 올게요. 아직 생일상 차리지 마세요."

가희의 목소리와 함께 그토록 기다리던 현관문이 벌컥 열렸다. 인터폰 화면에 비친 미현을 보고 모두들 그녀가 가길 기다리고 있다가 밖의 소란이 가시고 미현의 기척이 없자 가희가 현관문을 연 것이었다.

미현은 다짜고짜 집안으로 들어갔다. 어머니와 가희는 눈을 휘둥그레 뜨고 두리번거렸다.

태욱은 보이지 않았다.

불쑥 주방으로 다가가 가지고 온 음식을 싱크대에 올려놓았다.

"웬일이냐 아침부터."

어머니가 퉁명스럽게 물었다.

"진영아빠 생일이잖아요. 음식 좀 해 가지고 왔어요."

못 올 곳을 온 것도 아닌데 죄인처럼 목소리가 잦아들었다.

"필요 없다. 가지고 가그라."

"어머니……."

가희가 팔짱을 끼고 아니꼬운 듯 조소를 보내며 발끈했다.

"네 남편 기를 아예 죽여 놓을 생각이구나. 너 땜에 외출도
제대로 못하는데 여기까지 찾아오다니."

네가 왜 여기 있냐고 따지고 들어도 시원찮은데 미현은 아무
소리도 하지 못했다.

"생일 음식 못 먹어서 환장이라도 했다 카드나."

어머니는 음식 보따리를 번쩍 들고 현관으로 가져갔다.

"먼저 번에도 일렀지만 태욱이 완치될 때까지 발걸음도 하지
말그라."

현관문으로 다가선 어머니는 당장이라도 보따리를 집어 던
질 기세였다.

"해 온 음식이니까 상만 차려주고 갈게요."

"놔라마."

미현도 보따리를 그러잡고 놓지 않았다. 어머니는 미현의 등
을 후려치며 현관으로 내몰았다. 그녀도 밀리지 않으려고 어깨
를 곤추 세워 어머니를 밀었다. 신랄한 비난을 퍼부어도 참고
또 참았는데 이번엔 양보하고 싶지 않았다. 밀고 밀리는 몸싸
움이 시작되었다. 가회까지 가세해 미현이 그러쥔 보따리를 빼
앗았다.

"뭐 하는 짓들이야!"

욕실 문이 벌컥 열리더니 모습을 드러내지 않았던 태욱이 벼
락같이 고함을 질렀다.

어머니와 가회가 멈칫 태욱을 돌아보고 한쪽으로 물러났다.

"당신, 여긴 왜 왔어. 오지 말라고 했잖아!"

"……."

반박을 할만도 한데 고개를 푹 숙이고 말았다.

그는 잔뜩 성이나 붉그락 푸르락, 금방이라도 미현을 밖으로 내칠 것 같았다. 한쪽으로 물러났던 어머니는 태욱의 기세를 등에 업고 바닥에 던져두었던 보따리를 들고 의기양양하게 미현을 현관으로 다시 내몰기 시작했다.

"진영아빠……."

혹시 기세등등한 어머니를 제지해 줄지 모른다는 기대감에 애절하게 그를 바라보며 불렀다. 그러나 그는 등을 돌려 욕실로 모습을 감추고 말았다.

"더러운 것. 함부로 내돌린 몸뚱이를 끌고 여기가 어디라고 오노."

그 더러운 몸뚱이를 판 돈으로 태욱을 살려내고 당신들을 먹여 살리는데 당신이 나를 내몰 자격이나 있냐고 대들어야 마땅했지만 주춤주춤 현관으로 밀려날 뿐 시큰거리는 콧등이 몹시 아프다고만 생각했다.

"옛다. 너 혼자 배터지게 먹그라."

복도까지 그녀를 내 몬 어머니는 음식 보따리를 바닥에 팽개치고 쾅, 하고 현관문을 닫고 말았다. 잠금쇠 걸리는 소리가 끔찍하게 가혹했다.

이집 저집 문이 열리고 웅성웅성 사람들이 복도로 나왔다.

질펀하게 쏟아진 미역국, 휘휘 감겨 제멋대로 널부러진 잡채, 모양새 하나 흩뜨리지 않으려고 정성을 다해서 튀겨낸 갖가지 튀김종류, 나물 반찬들이 복도 여기저기 튀어서 볼쌍사납게 구경꾼들의 이목을 끌었다.

복도는 그를 위해 바쳤던 세월들이 한꺼번에 찢겨져 폐기처분 된 쓰레기 하치장 같았다.

정신없이 음식을 주워 담았다.

이럴 수는 없었다. 죽을 죄를 지은 사람도 원인을 물어 죄목을 규명하고 정상참작을 인정해 죄과를 가리는데 몸뚱이 하나 판 결과에만 치중해 모질게 내치다니. 억울하고 분하고 서러웠다.

음식 칠갑을 한 손으로 눈물을 훔쳐내고 구경꾼들을 헤쳐 허적허적 복도를 걸어 오피스텔을 나왔다.

*

심한 통증이 밀려왔다. 먹은 것을 모조리 토해 냈지만 구토는 멈추지 않았다. 쓰디쓴 액체까지 밀어내고서야 어질증을 가라앉히고 욕실에 무너지듯 주저앉았다. 며칠 째 계속되는 위의 통증과 구토로 야윌대로 야윈 몰골은 병색이 짙었다.

"위궤양입니다. 이대로 방치하다가 큰 병으로 진행됩니다."

병원을 찾았을 때 의사는 술을 끊고 치료를 받아야 한다고 경고를 했다. 하지만 태욱에게 드는 통원 치료비를 중단할 수 없었고 미시클럽 일을 쉴 수도 없는 노릇이었다.

미현에게만 의존하는 가족의 생계는 물론 아이들 학비까지 벅찼지만 다행히 클럽에서의 수입은 지탱할 만한 돈벌이가 되고 있었다. 매일 마셔대는 술이 병의 원인인 것은 알고 있었지만 하루라도 벌지 않으면 당장 거처할 곳이 없었다.

미시클럽에서 일을 하면서 벌이가 좋아 보증금을 치르고 월세를 내던 방도 빼어 태욱의 원룸을 구해 주었기에 수중엔 방을 얻을 만한 돈이 남아 있지 않았다.

클럽에서 제공하는, 종업원들이 거처하는 곳에서 숙식을 해결했었는데 클럽 일도 보름이나 쉬었다.

주인 눈치 보는 것도 만만치 않았지만 그보다 더 급한 것은 진영의 사교육비였다. 희영과 달리 진영은 학구열이 대단한 아이였다. 제 목적을 향해 열심히 걸어만 가는 진영이 기특해서 학자금과 학원비 외에 여분의 돈까지 부쳐 주곤 했다.

진영에게 방황이 없었던 것은 아니었다. 흔들림을 주체하지 못하고 반발과 야유를 퍼부으며 부모로 인해 저에게 닥쳐온 힘겨운 시간을 보상하라고 반항하기도 했다.

다행히도 진영은 미현을 만나고 돌아간 뒤 공부에 매달리기 시작했다. 남들이 겪는 입시 방황도 잘 견디어 내고 서울에 있는 대학을 목표로 삼아 학교와 학원을 오가며 공부에 전념했다.

미현은 매스꺼운 속을 진정시키고 전화기를 들었다. 어려운 일이 있을 때마다 힘이 되어주곤 했던 한에게 또다시 손을 벌려야 한다는 사실이 못내 답답했지만 당장 목돈을 구할 곳은 한 뿐이었다.

한은 잠에 취한 건지 술에 취한 건지 발음도 정확치 않은 목소리로 귀찮다는 듯이 전화를 받았다.

"내가 방해했구나. 진영엄마야."

"응? 아냐. 방해는 무슨. 막 일어나려던 참이었어. 그런데 무슨 일이야? 목소리가 왜 그래?"

차마 입이 떨어지지 않았지만 용기를 내었다.

"돈이 좀 필요해서……. 그리 큰 돈은 아니구."

"집으로 와. 조금 모아둔 돈이 있긴 해."

울컥 목이 메었다. 한의 생활은 누구보다 잘 알고 있었다. 한의 생활도 미현 못지 않게 힘겹고 버거운데도 어려운 일이 있을 때마다 한은 언제나 미현의 곁에서 위로하며 버팀목이 되어주었다.

 이제 눈물을 믿지 않는다

중앙 시장에 접어들어 밀려오는 구토를 억지로 삼키며 인적이 없는 골목을 찾았다. 종일 먹은 것도 없는데 위는 뒤틀리고 매스꺼워 당장이라도 토해버리지 않고는 견딜 재간이 없었다.

우체국 골목을 돌아 인적이 뜸한 곳을 찾았다. 자리를 잡자마자 구역질이 솟구쳤다.

위장은 텅텅 비어 넘어 올 것이 남아 있지 않건만 몇 방울의 쓰디쓴 액체가 넘어오고 토악질은 멈추지 않았다. 지칠 대로 지쳐 쪼그리고 앉아 위를 쓸어 내렸다.

그렁그렁한 눈물 때문에 시야가 뿌옇게 흐려지고 눈물 방울이 곧 떨어질 것 같았다.

토사물과 하수구에서 올라오는 악취까지 일조를 해 눈물은 통제 불가능했다.

악취를 피해 두어 발짝 물러나다 거대한 구조물에 머리를 찧고 말았다. 귀가 멍멍해지고 알록달록한 그림들이 어른거렸다. 정신을 차렸을 때 시야엔 광고 전단이 붙은 전신주가 들어왔다.

미현은 전신주에 붙여진 광고 전단을 뚫어지게 바라보았다.

'유토피아 모텔 조바 구함. 숙식제공.'

전신주로 다가가 광고지를 다시 한번 살폈다.

모텔의 전화번호와 위치까지 상세히 그려져 있었다. 조바의 역할에 대해 익히 들어온 터라 처음의 장소로 가서 쪼그리고 앉아 차분히 생각해 보았다.

육체적 노동이 따르겠지만 아무리 따져봐도 그녀에게 적당한 일자리였다. 술을 마시지 않아도 되고 숙식 제공까지 해 준다니. 그보다 더 나은 일자리는 없을 것 같았다.

그녀의 나이 마흔 하나. 나이에 비해 다소 어려 보이는 용모 덕에 유흥업소 근무가 가능했지만 망가질 대로 망가진 지금은 짙은 화장술로 변장해 나이를 속이고 있는 형편이었다.

나이를 속인다 해도 손님들은 병색이 짙은 미현을 술자리에서 퇴짜놓기 일쑤고 팁까지 후하게 주지 않았다. 더 이상 생각해 볼 것도 없었다.

곧바로 모텔로 향했다.

미현은 모텔 앞에서 망설이다 출입문을 열고 안을 들여다보았다. 훤한 대낮이라서 그런지 카운터는 비어 있었다. 입구까지 들어서자 언젠가 와 본 것 같은 낯이 익은 모텔이었다.

차임벨 소리를 들었는지 오십대 초반의 풍채가 좋은 사내가 카운터와 연결된 방에서 슬리퍼를 끌며 나왔다.

"저기…… 종업원을 구한다기에 왔는데요……."

큰 죄를 지은 죄인처럼 목소리는 자꾸만 기어 들어갔다. 사내는 거만하게 위아래를 훑었다.

"일이 힘들텐데, 그 몸으로 해낼 수 있겠나? 청소는 물론 이불 빨래까지 해야 할거요."

"네."

"할 수 있다는 거요? 없다는 거요?"

주인은 위압적인 태도로 미현을 깔보았다.

"할 수 있어요."

"좋소. 우리도 일할 사람이 급하니 오늘 당장 할 수 있겠나? 벌이는 괜찮은 편이지. 월급은 없고 대신 그쪽이 손님을 상대로 올린 수입은 터치하지 않소."

내일부터 일을 시작하기로 하고 한의 집으로 향했다. 다급한 불은 끈 셈이었다.

미현은 새로운 일자리를 얻었다며 흥분을 가라앉히지 못하고 열변을 토했다.

"나에게 적당한 일자리 같아. 술을 마시지 않아도 되잖아."

한은 측은하게 미현을 바라보았다.

"진영아빠도 거의 다 나았다며 집으로 돌아가지 그래."

"아직 치료가 남았어. 그 때까진 일을 해야 돼."

"그 곳이 어떤 곳인지 알기나 해? 오직 몸으로 부딪혀야 하는 곳이야. 사창가보다 더 못한 곳이라구!"

"알고 있어. 그 곳도 사람 사는 곳이야. 아무리 버티기 힘들어도…… 죽기밖에 더할라구."

한은 더 이상 말리지 못했다. 미현의 결심은 너무나 완강했다.

인격 따윈 아예 존재하지 않는 곳, 육체적 노동은 물론 사내들의 몸종에 지나지 않는 그 곳에서 미현은 얼가나 더 많은 서러움을 당해야 할런지.

그녀는 병색이 완연해 눈가에 짙은 음영을 드러낸 채 처참하게 웃었다. 미현은 기어코 조바로 취직하고 말았다.

모텔 유토피아는 주 중에 손님이 대체로 저녁 9시를 넘겨서야 붐볐다. 간혹 낮 손님이 들기도 했지만 주르 남녀 함께 오는 아베크 족이라던가, 연인 사이였기에 그들은 몸만 풀고 방을 너저분하게 어지르진 않았다.

손님이 나간 후 뭉개진 이불을 펴고 대충 걸레질만 하면 청소는 마무리되었다. 생각보다 일은 고되지 않았다. 그러나 토요일 저녁이면 손님을 맞는 절차는 힘에 부쳤다. 낮 손님이 비

운 생수를 플라스틱 통에 채우고 객실에 마련된 작은 냉장고를
청소하고 물기가 흐르는 욕실을 마른걸레로 닦아야 했다.

주말엔 종일 허리 한번 펼 시간이 없었다. 2층에서 5층까지
모두 객실인, 제법 규모가 큰 모텔이었지만 주말은 방이 없을
정도로 손님이 많았다. 빨랫감을 들고 층계를 오르내리는 일도
만만치 않았다.

1층은 노래방과 연결된 비상구가 있었기 때문에 주말이면 대
낮에도 노래방을 거쳐 모텔을 찾는 손님이 있었다. 떳떳하게
현관을 통하지 않고 비상구로 들어오는 남녀는 대개가 가정을
가진 부정한 관계인 사람들이어서 남의 눈을 피해야 했다.

시간이 지날수록 모텔의 일이 익숙해져서 그런대로 지낼만
했다.

"언니, 미안해. 이틀이나 공쳤지? 오늘은 언니가 손님 받아.
난 하루 쉴게."

미현은 자존심이 상했지만 내색하지 않았다.

"미안하긴. 난 괜찮아."

정희라 불리는 조바는 미현이 모텔에 들어오고 두 달 뒤에
들어온 여자였다.

미현보다 열 살이나 어리고 상냥해 단골 손님이 많았다. 그
녀의 단골이 되었던 손님도 정희를 불러 달라는 일이 잦아 수
입은 날로 줄어들었다.

정희는 근처에 방을 얻어놓고 아이와 살고 있었다. 아이 때문에 가급적 밤손님은 받지 않았지만 가끔 밤에도 단골 손님이 찾으면 손님을 받곤 했다.

"언니, 우리 맥주 한 잔 할까? 아직 손님 들 시간은 아니잖아. 딱 한 잔만 하자."

정희는 언짢은 일이 있었는지 기분이 좋아 보이지 않았다. 둘은 이불을 보관하는 5층 창고방으로 들어갔다. 급하게 맥주를 들이킨 정희는 한탄 조로 중얼거렸다.

"이놈의 팔자, 전생에 무슨 죄를 지었길래 이리도 모질까."

"무슨 일 있었니?"

"주인 사내놈 말이야, 지긋지긋해. 시도 때도 없이 달라고 덤벼들잖아. 하도 팔자가 더러워서 언니한테 하소연이라도 해야 속이 좀 비워질 것 같아."

미현은 묵묵히 맥주 잔을 비웠다. 팔자로 따지자면 자신보다 더 기구한 팔자가 있을까. 아직 젊은 정희의 팔자 타령이 아니꼽게 느껴졌다.

맥주가 바닥을 보이자 정희는 아래로 내려가 소주를 더 가져왔다. 어지간히 취기가 올라 주절주절 과거지사를 털어놓는 정희의 예쁜 얼굴이 꿈을 꾸듯 몽롱했다.

"남편과 연애하던 그 시절이 내 생에 단 한번뿐인 가장 아름다운 때였어. 남편은 아주 좋은 사람이었어. 니 남편만큼 잘생기고 따뜻한 사람을 다시는 만나지 못할 거야……."

"그런 사람하고 왜 헤어져서 이렇게 힘들게 사니."

미현은 퉁명스럽게 불쾌함을 드러냈다.

"나도 모르겠어. 내가 무엇을 잘못 했는지…… 결혼하고 정말 행복하게 살았는데……."

"요즘은 주부들도 애인이 없으면 인간 취급 못 받는다면서? 애인이 없으면 6급 장애인이라나 뭐라나. 미친것들, 가정이 있는 것들이 너도나도 이런 곳으로 기어 나오니까 꼭 돈을 벌어야하는 나 같은 년들이 배를 주리잖아. 너도 그년들과 같은 이유로 나왔니?"

"그랬으면 이렇게 서럽지는 않지. 여기보다 더 낮은 곳이 또 있을까? 이 곳은 세상에서 가장 낮은 밑바닥이야. 시궁창도 이보다 나을 거야. 그런데도 이런 곳에 즐기려고 나오는 여자도 있을까."

하긴 정희 말이 맞는 말이었다. 제 아무리 남자가 좋아도 이런 곳에서 욕정을 탐닉하는 여자는 없을 것이다. 미현은 약간 수그러들어 정희한테 미안해졌다.

"무슨 사연인지 털어놔 봐. 네 속이 후련해진다면."

정희는 이를 뽀드득 갈았다.

"둘이 맞벌이를 해서 결혼 3년만에 집을 장만하게 됐어. 이것이 꿈이 아닌가 싶을 정도로 내가 대단하고 흐뭇했어.

분양 받은 아파트에 입주할 날짜가 다가와 전세 살던 집을 세를 놓았지. 전세금을 빼서 잔금을 치르고 곧 입주할 생각으

로 벼룩 시장에 광고를 냈어. 주말도 아닌 평일에 꼭 집을 봐야
겠다는 사람이 있어서 회사도 쉬고 기다리고 있었는데 그 날
난 집을 보러 온 사내놈한테 돈과 통장을 빼앗기고 강간을 당
하고 말았어."

"저런! 나쁜 자식. 갈아 마셔도 시원찮을 놈."

흥분한 미현은 마치 자신의 일처럼 갈퀴를 세웠다.

"그 때 생긴 아이가 혁이야. 처음엔 남편도 내 잘못이 아니라
며 시름에 빠져있는 나를 위로해 줬지만 나는 하루하루가 살얼
음판을 걷고있는 기분이었어.

아이가 태어나자 남편은 노골적으로 그날의 일을 들먹이며
폭행을 일삼았어. 결국 난 아이를 데리고 집을 나왔어. 남편은
새 여자가 생겼다며 이혼을 요구했어. 그래서 도장을 미련 없
이 찍어 줘 버렸지."

"개자식! 도장은 왜 찍어 주냐? 간통죄로 콱 처넣어 버리
지."

술병이 비워져 갈수록 정희의 넋두리는 급속도로 진전되었
다. 이미 상식의 한계를 넘어선 한풀이를 제지 하기는 어려운
듯 했다.

미현도 어느 정도 취기가 올라 못마땅했던 정희의 생활을 걸
고 넘어졌다.

"넌 나이도 새파랗게 젊은 게 이런 곳은 왜 나오냐. 공부하는
아이가 있어 교육비가 들어가나, 병든 남편이 있는 것도 아니

고. 식당 서빙을 해도 목구멍에 풀칠은 하잖아. 신세타령만 하지 말고 다른 일자리를 구해 봐.”

“나도 그러고 싶어.”

“그런데 왜 못하니?”

“빚이 좀 있어서 당장은 힘들어.”

“군식구 딸린 것도 아니고 혁이랑 달랑 둘인데 빚이라니? 수입이 꽤 짭짤할 건데.”

“이 곳으로 오기 전에 다단계 판매에 손을 댔어. 처음엔 자잘한 일용품을 팔았는데 그런대로 밥벌이는 됐어. 그런데 판매책 윗사람이 밑천만 좀 들이면 일확천금이 들어올 것처럼 꼬시는 거야. 귀가 솔깃해 이왕 시작한거 이윤이 많은 큰 물건에 손을 대보자 싶어 여기저기 빚을 얻어 보증금을 치르고 전자 요나 물침대 같은 고가의 물건을 할당받았어.

물건만 팔면 거의 40%가 남는 장사니 홀딱 빠져든 거지. 근데 쉽지가 않더라고. 앞으로는 남는 장사지만 고가다 보니 수금도 잘 안되고. 결국 빚잔치만 하게 생겼어.”

손님이 들었는지 주인 사내의 고함 소리가 들려와 미현은 카운터로 향했다. 카운터에선 취객과 주인 남자의 실랑이가 벌어지고 있었다.

“어이, 조바! 손님 왔는데 뭐하고 있나!”

험악하게 일그러진 주인 사내는 삿대질을 해대며 토인 같은 입술을 실룩거렸다.

손님은 숏 타임 할 아가씨를 찾고 있던 모양이었다.

술이 취해 비틀거리는 사내의 팔짱을 끼고 상냥하게 상대해 주었다.

"손님, 일단 방으로 올라가세요. 제가 책임지고 맘에 드는 아가씨 불러 드릴게요."

사내는 힐긋 돌아보더니 비틀거리는 몸을 층계 난간에 의지한 채 가까스로 걸음을 떼었다.

앞장을 선 미현은 가볍게 엉덩이를 흔들며 요염한 자태를 지었다. 뒤따르는 사내가 아직은 실한 몸이라고 봐주길 바라며.

전화를 받는 주인사내의 정나미 떨어지는 음성이 흔들던 엉덩이를 멈추게 했다.

"야, 이 여편네야. 오늘 토요일인데 어떻게 빨리 들어가! 빠구리 공장 풀 가동 중인데. 그만 끊어!"

뒤를 따르던 사내가 엉덩이를 툭 치며 음흉하게 물었다.

"야. 여기가 빠구리 공장이냐?"

그녀는 대답하지 않고 사내의 몸에 바짝 붙어 섰다. 객실로 들어서 사내를 껴안아 침대로 이끌며 슬며시 의중을 떠보았다.

"손님. 서비스 잘 해드릴게요. 저와 잘래요?"

위아래를 훑어보던 사내는 거들먹거리며 미현의 가슴을 잡고 주물럭거렸다. 사내가 웃옷을 거칠게 벗고 그대로 덮쳐왔다.

"그래, 자자구."

"선불 주세요. 숏 타임 5만 원."

가끔 손님들이 일을 치르고 난 후, 서비스가 엉망이라느니, 재미를 못 봤다느니 심통을 부리며 돈을 주지 않고 그냥 가버리는 예가 허다했기에 선불을 받아 챙겨야 했다.

"그래, 그래. 5만 원? 씹 값이 5만 원이냐?"

사내는 지갑에서 돈을 꺼내 아무렇게나 던져 버렸다. 다섯 장의 지폐가 팔랑거리며 발치에 떨어졌다. 돈을 소중히 주워 주머니에 찔러 넣었다.

갓 스물을 넘겼을까. 비린내도 지우지 않은 사내는 나이답지 않게 발기가 마음대로 되지 않는지 오랜 시간 괴롭혔다.

솜털이 보송한 사내는 생각보다 더 어려 보였다.

"몇 살이야?"

귀를 매만지며 사내가 기분 상하지 않도록 조심스럽게 물었다.

"열 아홉. 나이는 왜 묻냐?"

미현은 흠칫 동작을 멈추고 망연히 허공을 응시했다.

'엄마, 난 열 아홉 살이야.'

정육점에 매달린 쇠갈고리가 목덜미를 낚아 채듯이 진영의 고함 소리가 날카롭게 기도로 파고들었다. 미현은 깊은숨을 헉, 토해냈다.

온몸이 용광로 속으로 빠져든 듯 뜨거운 울분이 솟구쳤다.

끓어오르는 분노를 필사적으로 억제했다. 분노 뒤를 따르는 절망과 무력감은 3만 피트 하늘에서 고공 낙하하듯 찰나에 잠식해 들어왔다.

갑자기 사방이 괴괴해졌다. 머리가 말끔히 비어버려 공동 상태가 되었다. 사방을 둘러보았다. 자신이 만든 음산한 그림자가 사내를 덮고 있었다.

"씨팔 년. 좀 화끈하게 해 봐."

거머리처럼 달라붙는 사내의 뺨을 갈겨주고 당장 내쫓고 싶었다. 하지만 어두운 심연은 앞으로 나아갈 자세를 취하지 않고 뇌리에 족쇄를 채웠다.

사내가 숨을 몰아 쉴 때마다 푹푹 썩는 과일 냄새가 진동했다. 차츰 가수면 상태에 빠져든 미현은 포기한 듯 눈을 감았다.

'이 곳은 엉뚱하게도 썩어 뭉개진 복숭아 더미가 쌓여있는 과일 저장 창고야. 문이 어디있지? 틀림없이 어딘가에 있을 거야, 서둘지 말자. 이 곳에서 벗어나야 돼.'

출입문을 찾기 위해 그녀는 천천히 몸을 움직였다. 사내의 고조된 신음이 들리고 질 안에 뜨거운 기운이 질펀했다.

가까스로 사정을 끝낸 사내는 성이 차지 않았는지 다시 올라타 씩씩거렸다. 거칠게 사내를 밀어 제치고 엉금엉금 기었다. 방바닥에 사내가 가지고 온 독한 싸구려 양주 한 병이 뒹굴고 있었다.

쪼그리고 앉아 술병을 집어들었다. 사내가 쏟은 정액이 질금 질금 흘러내렸다. 더러운 정액 냄새, 거친 사내의 숨소리가 역겹게 치받쳐 올라왔다.

"빌어먹을 욕정의 찌꺼기들, 더러운 냄새, 지겨워, 지겨워."

욕지거리를 해대며 병 뚜껑을 이빨로 물어뜯었다. 병을 나팔채 물고 벌컥벌컥 들이켰다. 독한 기운이 뜨겁게 가슴으로 번졌다. 절체 절명의 억울함이 술기운과 함께 몸 구석구석까지 퍼져나갔다.

"살고 싶지 않아. 날 죽여 줘!"

사내에게 강짜를 놓으며 엉겨 붙었다. 사내가 머리채를 휘어감아 질질 끌었다.

"이년이 죽고 싶어 환장을 했나? 왜 엄한 사람에게 엉겨 붙고 지랄이야."

사내의 매질과 휘둘림에 이끌리면서도 술병을 놓치지 않으려고 꼭 끌어안았다.

미현의 반항이 거세 지자 사내는 욕설을 퍼부으며 옷을 주워 입었다. 쾅, 문닫는 소리가 들려왔다.

남아있는 술을 털어 넣었다. 지금 자신이 마시고 있는 것이 술인지 물인지 분간이 가지 않았다. 방안의 풍경이 회전 목마를 타고 바라보는 것처럼 빙글빙글 돌았다. 눈물까지 흘러내려 이곳이 연못 속에 잠긴 작은 도시는 아닐까 하는 착각 마저 들었다.

산 자와 죽은 자의 영혼을 동시에 끌어안고 사는 여자, 몸 안

에 흐르는 피는 내 것임과 동시에 내 것이 아닌 여자, 메마를
대로 말라버린 푸석한 마음이 아직은 남아 있음을 감사하는 여
자.

이 세상 어디에도 폐인에 가까운 자신을 인정해 줄 사람은
없었다. 가족이든, 그 누구든……

비틀거리는 몸을 일으켜 휴대폰을 찾아들고 번호를 꾹꾹 눌
렀다.

"어머니, 저예요. 당신의 며느리 미현이라구요. 들리세요?"

전화기에선 아무소리도 들리지 않았다.

"태욱씨, 태욱씨 좀 바꿔 주세요. 보고 싶어서 미치겠어요!"

찰칵, 수화기 내려놓는 소리가 오싹 소름이 끼치도록 위협적
이었다. 사타구니에 힘을 주어 성교의 찌꺼기를 다 쏟아 붓고
휴대폰을 들여다보았다. 그녀 곁에 남아 있는 것은 적막 속에
살아있는 죽음 같은 어둠 뿐이었다. 세상의 빛은 다 어디로 숨
어 버렸는지 먹청빛 하늘이 무너져 내린 것 같았다. 어둠과 대
치하듯 눈을 부릅떠 휴대폰을 응시했다.

닫았던 폴더를 열고 다시 번호를 눌렀다.

"진영이니? 엄마다. 엄마야!"

진영이 역시 수화기만 들고 있을 뿐 대답하지 않았다. 미현
은 다급해졌다. 자신을 가족 관계에서 삭제시키려는 가족들의
태도는 결연했다.

"진영아, 한 마디만 해 줘, 아무 말이나. 미치도록 그리워. 외

로워서 죽을 것 같아."

전화기는 인간의 목소리는 전해주지 않은 채 기계의 마찰음만 냉정하게 남겨놓고 끊어져 버렸다.

그녀는 포기하지 않았다. 살아 숨쉬는 인간의 목소리를 듣고 싶었다. 죽음같은 나날 속에 그래도 아직은 혼자가 아니라는 사실을 입증해 줄 그 누군가가 필요했다.

"누가 나에게 달려와 줄까. 누가, 도대체 누가! 싫어, 싫어. 아무도 없는 이 곳이 싫어!"

그녀는 몸을 거쳐간 사내들을 줄줄이 떠올렸다.

벌레보다 못한 취급을 하면서도 욕정을 탐하기 위해 몇 푼의 돈으로 그녀를 샀던 짐승 같은 파렴치한들.

널 데리고 도망치고 싶다고 외치며 허둥거리는 마지막 뒷모습을 남겨놓고 황망히 떠난 철우, 언제까지 기다린다며 돌아오라고 애원하던 민재, 가슴이 뻐근하게 조각나는 아픔이 일었다.

"민재씨 당신이 필요해. 당신이."

난폭하게 폴더를 열었다.

"민재씨, 미현이에요. 제발 와 주세요. 당신이라도 와 줘야해요. 난…… 외로워서."

잠이 쏟아졌다. 휴대폰을 가슴에 품고 사막 같은 세상을 외면했다.

*

　모텔에 도착하니 미현은 실오라기 하나 걸치지 않고 바닥에 아두렇게나 쓰러져 잠이 들어 있었다. 물수건을 만들어 정액이 허옇게 말라붙은 아랫도리를 닦이고 옷을 입혔다.

　민재는 자신을 버리고 함부로 몸을 내돌리는 이 여자를 왜 보살피고 있는지 그 이유를 알 수 없었다.

　처절하게 삶의 구렁텅이에 빠져 허우적거리는 여자. 수렁에서 건졌다고 생각한 찰나 또다시 더 깊은 수렁으로 스스로를 던져버린 여자.

　이 어처구니없는 광경을, 여자의 처절한 삶의 현장을 왜 지켜야 하는지. 왜 못 견디게 화가 치밀어 오르는지.

　"젠장, 이 곳에 오는 것이 아니었어. 이따위 여자가 무어 그리 소중하다고. 뭐가 그리 대단하다고 날 울려!"

　그는 충격적인 장면 앞에서도 그녀보다 오히려 자신이 부도덕하고 모욕적으로 느껴졌다. 비록 그녀가 갖은 추태를 보여도 삶의 방식은 경외 그 자체였다.

　민재는 그녀가 집을 나가고 미친 듯이 찾아 헤맸다. 함께한 시간이 얼만데 그녀는 어디로 간다는 메모조차 남기지 않았다. 구미 시내를 이 잡듯이 뒤져 에로스 미시클럽에서 그녀를 발견했을 때 억장이 무너져 내렸다.

다짜고짜 끌고 나와 집으로 데리고 와서 왜 나가야 했는지를 추궁했다.

"내가 겨우 이 정도 대접을 받을 만큼 가치가 없는 인간이었소? 당신한테 줄 돈은 아직도 충분히 있는데 왜 몸을 파냔 말이오. 정말 그렇게도 내가 싫었단 말이오?"

그녀는 아득한 허공으로 의식의 끈을 풀기 시작한 사람처럼 나른하게 말했다.

"당신을 더 망가지게 할 수 없어요. 당신은 너무 착해서 내 더러움으로 오염될까 봐 멀리 떠나야 했어요. 당신을 사랑하게 될 것 같아서 내 안의 욕심을 죽여야 했어요. 당신은 좋은 여자 만나 행복하게 살 자격이 있는데. 그래서, 그래서 떠났어요."

그 동안 치밀었던 억울함과 분노가 눈 녹듯이 녹아 내렸다. 그녀의 남편이 완치돼 떠날 구실을 찾지 못해 비열하게 흔적도 없이 떠나버렸다고, 철저히 여우같은 여자에게 이용만 당했다고 개탄하며 이를 갈았는데 어이없게도 그녀는 그를 위해 떠난 것이었다.

그녀의 마음을 안 이상 이대로 방치 할 수는 없었다.

"돌아와요. 당신없이는 나도 힘들어. 보내주지 않을 거야. 남편이 완치될 때까지만 이라도 함께 삽시다."

"싫어요."

제발 돌아와 달라고 그는 애원하고 또 애원했다. 그녀는 베란다로 달려가더니 난간에 기대어 협박에 가까운 난동을 부렸다.

"날 보내주지 않으면 뛰어 내릴 거야."

그녀는 완강했다. 아무리 달래고 애원해도 결심을 바꾸지 않았다.

그는 그녀를 보내 주었다. 다시는 찾지 말라고 못을 박은 그녀는 그렇게 클럽으로 돌아갔다.

그런 그녀가 다시 구원의 손을 내밀었다.

민재는 혼란스러웠다. 그녀가 다시 돌아올런지, 아니면 잠시 잠깐 그가 필요한 건지. 미현을 들쳐업고 모텔을 나왔다. 부서지면 한줌 밖에 되지 않을 가엾은 여자를 꽁꽁 숨겨주고 싶었다.

넌더리나는 사내들의 품에서 떼어놓을 방법이 없을까. 이지경이 되도록 그녀의 육신을 빨아먹고 사는 철면피한 남편이란 작자에게서 빼앗을 방법이 없을까. 병원까지 오는 동안 줄곧 그 방법에 몰입했다. 하지만 해답을 찾지 못했다.

＊

머리가 깨지게 아파왔다. 심한 갈증이 일어 눈을 떴다. 하얀 도료가 입혀진 천장과 벽, 온통 하얀색 천지였다.

'어쩌면 이렇게 깨끗한 곳이 있을까. 뽀얀 우유갑 속에 잠겨 있는 것 같아. 고소하고 부드러운 액체가 내 몸을 어루만지고 있어. 퇴폐적이고 음탕하고, 경박한 퇴적물을 모두 녹이고 있어. 이상한 일이야. 난 이런 곳에 들어올 자격이 없는데…….'

그녀는 자신의 행위에 대한 강박증에 사로잡혀 있었다.

"깨어났소?"

갑자기 우유갑이 터진 듯 굵직한, 귀에 익은 목소리가 들려왔다. 환멸은 사라지고 푸른 물결이 넘실거리며 하얀 공간을 가득 채웠다.

미현은 어디선가 들려오는 파도 소리를 들으며 주위를 두리번거렸다. 푸른 옷을 입은 민재가 걱정이 가득 찬 표정으로 침상에 걸터앉아 있었다.

팔에 꽂힌 링거, 이미 오래 전에 헤어진 민재. 왜 이 곳에 와 있지? 무슨 일이 있었는지 아무 것도 기억나지 않았다.

간호사가 링거 투입구를 들여다보며 양을 조절하고 있다가 침상으로 다가왔다.

"사모님, 깨어나셨어요? 술은 적당히 드세요. 남편께서 얼마나 걱정하셨다구요. 이틀동안 잠 한숨 주무시지 않으셨어요."

이틀…… 이틀이나 병원에 있었다니. 이런 추태를 보이다니. 그에게는 면목이 없었다.

"남은 링거 다 맞고 오후에 퇴원하셔도 되겠어요. 편히 쉬세요."

간호사가 사라지자 민재는 이불을 끌어올려 목까지 덮어주었다.

"외롭다고 했소? 당신에게는 가족이 있잖소. 기운을 내보오."

"이제 가 보세요. 바쁘실 텐데……."

"오늘은 내가 당신 보호자요. 환자를 두고 가는 건 보호자 자격이 없는 거지."

퇴원 수속을 마친 민재는 미현을 부축해 복도로 나왔다. 혼자 가겠다고 한사코 마다하는 그녀의 어깨를 강제로 감싸안았다. 마치 남편이라도 된 것 같은 기분이 들어 그리 싫진 않았다. 엘리베이터 앞에서 미현의 머리를 어깨에 편하게 뉘이기까지 했다.

엘리베이터가 도착해 한 무리의 사람들이 쏟아져 나왔다. 그때였다. 미현은 황급히 민재에게서 떨어졌다.

목발을 짚은 남자를 부축한 여자가 내리지 않고 그녀를 한심한 듯 바라보았다. 민재는 그들이 자신들로 인해 거동이 불편해 잠시 비켜주길 기다리는 것 같아 미현을 안고 뒤로 몇 발짝 물러섰다.

노골적으로 불쾌함을 드러낸 엘리베이터 안의 여자가 무엇을 확인하려는 투로 그녀의 곁을 빙빙 돌았다. 여자가 멈춰 섰다.

미현은 경악을 금치 못하는 표정으로 부들부들 떨었다.

"여긴 웬일이니? 설마 너, 새로 생긴 애인을 데리고 남편을 보러 온건 아니겠지?"

엘리베이터에 있던 여자가 당돌하게 질책했다.

"말을 함부로 하는군요. 당신의 말 한 마디로 인해 상대방이 받을 상처는 생각해 보지 않았소? 무례한 여자로군."

민재는 사태를 짐작하지 못하고 빈정거리는 여자에게 다가가 꾸지람을 했다.

"무례하다뇨? 당신은 우리관계를 알지도 못하면서 건방지게 구는군요. 쟤는 내 친구고 내 옆의 이 사람은 쟤 남편이에요."

목발을 짚은 사내는 방만한 자세로 표정 없이 서 있었다.

왜 하필 이 병원이었을까. 많고 많은 병원을 놔두고. 그녀가 층계를 향해 내달리기 시작했다. 민재는 그녀를 뒤따라 달리며 고함을 질렀다.

"저 파렴치한이 당신 남편이었소? 아내가 왜 병원에 왔는지, 어디가 아픈지, 안부조차 묻지 않는 작자가? 저따위 인간을 위해 당신이 이렇게 사는 거요?"

병원 로비에 이르자 그녀는 힘이 부쳤는지 로비 중앙에 세워진 기둥을 붙잡고 있었다.

묘한 기분이었다. 자신이 무언가에 홀린 것도 같고, 그 작자의 싸대기를 올려 붙이지 못한 것이 후회스럽기도 했다. 분노와 경멸과 불쾌한 흥분이 소요했다.

그녀는 출입구를 놔두고 정전이 되어 모든 불빛이 꺼진 암전 속을 헤매듯이 응급실을 돌아서 나갈 문을 찾느라고 허둥거렸다.

그녀를 부축해 천천히 밖으로 나섰다. 매끈한 콘크리트 바닥에서도 움푹움푹 패인 갯벌을 억눌린 자세로 걷는 것처럼 그녀는 극도로 쇠약해졌다. 주차해 있는 택시를 잡아서 그녀를 편하게 앉혔다. 로비를 돌아보니 그녀의 남편이 현관문에 꼿꼿이 의지한 채 노려보고 있었다.

민재는 다시 그의 집으로 가길 원했지만 미현은 그를 뿌리치고 이틀을 한의 집에서 신세를 졌다. 한은 다시는 모텔로 가지 말라며 미현을 붙잡았다.

"리어카라도 끌며 장사를 해 보자. 많은 돈은 벌지 못해도 산 입에 거미줄 치지 않을 거야."

"고맙지만, 안 돼. 난 집으로 가고싶어. 아이들 아빠가 완치되면…… 그만 둘 거야."

"진영아빠 마음이 변했어. 아직 모르겠어? 함께 집으로 간다고 해도 예전 같지 않아! 더 이상 미련 갖지마. 나하고 살자. 우리 둘이 의지하며 그렇게 살자."

"알아, 진영아빠도 나도 변했어. 그냥 죽은 듯이 가족 옆에서 살고 싶어."

미현은 모텔로 향했다. 한은 멀어져 가는 미현의 뒷모습을 맥없이 지켜보았다.

*

　객실 정돈을 마치고 한 보따리의 이불을 들고 낑낑대며 막 층계를 내려섰다. 손님이 들 시간도 아닌 이른 아침인데 제법 말쑥이 차려입은 남자가 카운터에 붙어서 객실료를 지불하고 있었다. 혼자 온 거로 보아 사내는 해결하지 못한 욕정을 풀러 모텔을 들른 듯 했다.

　'오늘은 공치지 않겠네. 정희가 출근할 시간도 아니고.'

　혼잣말을 중얼거리며 이불 보따리를 층계 참에 내려놓고 손님 맞을 채비를 갖추기 위해 물 주전자와 수건이 있는 카운터 옆 창고로 향했다.

　"아니 이게 누고? 진영엄마 아이가?"

　마을 이장 허씨가 음흉하게 미현의 엉덩이를 툭툭 치며 아는 체를 했다. 미현은 바지 자락의 먼지를 일부러 펑펑 털며 그에게 다가섰다.

　"웬일이세요, 아침부터."

　"이 모텔 앞만 지나믄 진영엄마 생각이 나서 그냥 지나칠 수가 없는 기라. 와, 우리 먼저 번에 한번 안 뭉쳤나. 고새 이자 뿌린나?"

　일자리를 구하기 위해 모텔을 찾았을 때 낯설지 않은 곳이라 직감했던 궁금증이 풀어졌다. 보도방을 나갈 당시 허씨와 함께 든 모텔이 바로 이 곳 유토피아 모텔이었다.

당장이라도 수작 부리지 말라며 허씨를 내치고 싶었지만 주인사내가 카운터에 앉아 그들의 행동을 지켜보고 있었기에 억지 미소를 짓고 반가운 척을 해야 했다.

수건과 칫솔을 쟁반에 받쳐들고 층계를 올랐다. 허씨와 몸을 섞을 생각을 하니 분노가 소용돌이쳤다. 이 작자만은 상대하고 싶지 않았다. 하지만 몇 장의 지폐를 벌기 위해선 손님을 가릴 처지도 되지 못했다.

허씨는 5층 513호의 객실에서 그녀를 기다리고 있을 터였다.

방문을 노크하자 벌거벗은 허씨가 벌겋게 상기된 얼굴을 문밖으로 내밀었다. 미현은 문 손잡이를 움켜잡았다.

"퍼뜩 온나."

그가 미현을 잡아끌어 방으로 들여놓았다.

이미 샤워를 마쳤는지 허씨의 몸에선 향긋한 비누 냄새가 났다. 도무지 알 수 없는 일이었다. 견딜 수 없을 정도로 역겨웠던 그에게서 향기를 맡을 수 있다니. 돈의 위력은 참으로 대단했다.

다소곳이 침대에 앉았다. 빨리 일을 끝내주길 바랐지만 허씨는 얼토당토 않게 과수원을 들먹였다.

"진영이네 과수원 팔 생각 없나?"

"진영아빠 병원비 때문에 농협에 저당 잡혔는데 융자를 갚지 못해서 이미 경매에 붙여졌다고 들었어요."

"내가 알아본 바로는 그렇지 않드마. 이자가 밀려 있긴 헌데,

이자야 갚으면 될 거고. 우리 마을에 유락 시설을 갖춘 휴양지가 들어선다던데 소문은 들어봤나?"

"교통도 불편한 시골 마을에…… 헛소문이겠죠."

"요즘 가진 사람들은 공기 좋고 전망 좋은 시골을 선호한다 아이가. 교통이야 다들 차를 가지고 있으니 걱정없을 테고. 마을에 다녀 간지가 오래 됐제? 예천읍에도 지금 한참 개발 붐이 일어 온통 난리아이가.

진영네, 빚도 만만치 않을긴데 이자 갚기도 버겁제? 아, 뭐 내 돈을 받자고 그런 건 아이고. 나야 뭐 저번에 진영엄마와 천천히 갚아도 된다고 약속을 했으니 염려말고.

어때, 내가 나서서 알아봐 줄까? 지금 팔아야 제 값을 받을 긴데. 태욱이 저러고 있으니 누가 나서는 사람이 있어야제. 강 노인이야 뭘 알것나. 기력도 쇠잔한 분이 나서서 될 일도 아이제."

허씨는 구체적으로 마을에서 일어나는 일들을 설명했다. 그를 신뢰하는 것은 아니었지만 거짓은 아닌 것 같았다.

"오지 산골마을 땅을 팔아봤자 얼마나 되겠어요."

"요즘 시세가 아주 좋다 안카나. 땅덩이가 커서 억대는 족히 받을긴데. 태욱이 완치한다고 해도 당분간은 농사일은 못할 테니께 팔 생각만 있다면 내가 나서서 주선해 보제."

몇 년간 과수원을 돌보지 않아 불모지에 가까운 그 땅을 억대에 팔 수 있다니 미현은 귀가 솔깃해졌다.

"그렇게만 된다면야…… 진영아빠와 의논해 볼게요."

"진영아빠 연락처를 도고. 내가 직접 알아보꾸마. 빠르면 빠를수록 좋다 아이가. 내가 부동산업에 손을 좀 대고 안 있나. 내 손을 거치면 손해 보지는 않을기다."

허씨는 미리 계책을 세워놓고 미현을 찾아온 모양이었다. 제법 살이 올라 풍채가 좋아진 허씨는 쏠쏠한 재디를 보고 있는 듯 했다. 저에게 돌아갈 몫이 없다면 절대 나서지 않는 약삭빠른 성품을 지닌 위인이었다.

몸에 손끝 하나 대지 않은 그는 팁을 추가로 손에 쥐어주고 오십 중반의 나이답지 않게 탱탱하게 부풀어 오른 팔의 근육을 굽혔다 폈다.

"어때, 자주 와도 되것나? 다음에 오믄 반갑게 맞아줘야 된다고. 오늘은 내 시간이 없어서 그냥 가구마."

그는 능글능글, 우롱하는 짓거리를 서슴지 않았다. 미현은 무의식적으로 중얼거렸다.

"과수원을…… 억대에 팔아 준다면야 뭐."

허씨의 말은 사실이었다. 읍내 곳곳에 고층 아파트와 빌라가 들어서 있고 낮은 동산과 논밭이 파헤쳐져 한참 개발 중이었다.

태욱의 과수원은 유락 시설이 들어서기에는 가장 적당한 위치에 있었다. 그 곳에서 내려다보면 푸른 물결이 넘실대는 내성천이 흐르고 뒤편으로 무성한 숲을 이룬 산들이 모여있어 풍

경으로나 환경으로나 최적지에 속하는 땅이라서 업주가 탐을
낸다고 했다. 거래는 허씨가 업주와 거래를 터서 빠르게 이루
어졌다.

*

태욱이 치료를 끝내고 고향으로 돌아가기 전날, 미현은 먼저
집으로 향했다. 지리멸렬했던 밑바닥 생활도 끝이었다.

차창을 스치는 풍경은 아름다웠다. 대학시절 그의 고향으로
캠핑을 떠나던 설레임처럼. 하지만 풍경만큼 아름다움도 따사
로움도 비현실적이었다.

그녀를 반기지 않는 가족간의 어설픈 만남은 두려움으로 무
겁게 내려앉아 지난 세월의 고통과, 다가올 또 다른 고통의 무
게로 버겁기만 했다.

마을로 들어서 창 넓은 모자를 푹 눌러쓰고 재빠른 걸음으로
도로를 벗어나 언덕으로 접어들었다. 다행히 아는 얼굴은 만나
지 않았다.

집과 연결된 내성천 둑은 한참 도로 공사로 분주했다. 인부
들의 시선이 느껴져 뛰다시피 언덕을 올랐다.

군데군데 페인트가 벗겨진 울타리, 온갖 계절 꽃이 만발하던
화단은 황폐하게 이울어 잡풀들이 한여름 더위에 축축 처져있

었다. 가만히 울타리를 밀고 들어섰다.

인기척을 느낀 시아버지 강 노인이 마루 난간에 서서 미현을 바라보더니 비틀거리며 안방으로 사라졌다.

시아버지를 보자 와락 눈물이 쏟아졌다.

구미로 옮긴 후 한번도 집을 찾지 않아 실로 감개무량한 만남이었지만 강 노인은 반기기는커녕 오히려 미현의 출현이 못마땅한 듯 불편한 심기를 내비쳤다.

선뜻 집안으로 들어서지 못하고 무연하게 집안을 둘러보았다. 사람 사는 곳이라고 느껴지지 않는 음습한 고요가 감돌았다.

학교를 그만둔 희영이 있을 법도 해 희영의 방으로 들어섰지만 희영은 없었다. 너저분하게 어질러진, 을씨년스러운 희영의 체취만이 무력하게 남아 있었다.

아이들이 돌아오기 전에 서둘러 집안 청소를 하고 저녁밥을 지었다. 저녁상을 차려 들어오는 미현을 보고 강 노인은 모로 돌아누워 외면했다. 완고함 속엔 부정한 며느리를 맞지 않겠다는 강한 의지가 배어 있었다.

자정이 다 되어 지친 모습으로 돌아온 진영 역시 제 방으로 곧장 들어가 나오지 않았다.

이튿날 태욱이 돌아왔다. 왼쪽 다리의 상처가 깊어 아직은 목발에 의지해 약간 절뚝거리긴 했지만 거의 정상인에 가까웠다.

오랜 시간 떨어져 있던 가족이 한데 모였는데 누구 하나 기뻐 보이지 않았다.

그녀에게 말을 건네지도 않았다. 가족은 그녀를 보는 시선 속에 경멸과 증오를 담았고 그녀는 긴장 상태로 하루하루를 보냈다.

어머니는 천한 며느리 덕에 동네로부터 자신들을 차단시켜 칩거 생활에 들어가야 하는 억울함을 태욱을 붙들고 하소연했다.

그녀는 가족이 던지는 천대를 견딜 수 없어 술을 마셔댔다. 가족들이 노골적으로 드러내는 적개심을 잊기 위해서 무엇이건 의지를 해야 번민에서 헤어날 수 있었다. 맨 정신으로 하루를 지낸다는 건 고문이었다.

목덜미를 옥죄고 있는 자책감과 가족으로부터 받는 굴욕은 그녀를 철저히 혼자로 분리 시켰다. 3평 남짓한 공간에서 홀로 발악을 하고, 소리를 지르고, 눈물로 호소해도 아무도 관심을 두지 않았다.

고독에 절은 자신과의 싸움은 최악의 상태로 몰고 갔다. 어둠이 내리면 집을 뛰쳐나와 강둑을 서성거렸고 어스름이 날이 밝으면 온몸에 상처를 입고 집으로 돌아왔다.

환한 세상이 싫었다. 낮이 되면 술에 절어 온 방을 뒹굴며 자기 학대를 일삼았다.

술에 절어 방구석에 처박혀 있는 미현에게 화가 난 어머니는 급기야 그녀를 상대해 주기에 이르렀다. 어머니의 막힌 입이 드디어 터진 것이다.

"니, 차라리 태욱이하고 갈라 서그라."

술에 절은 그녀는 고개를 주억거렸다.

"어머니가 당신의 아들에게 바친 사랑처럼 저도 제가 가진 사랑을 주었을 뿐이에요. 그것이 죄가 된다면 어머니가 관용을 베풀어 주세요."

"니가 니발로 걸어나가지 않는다믄 내도 널 쫓지는 못하는기라. 하지만…… 하지만 말이다. 니가 양심이 있다면 스스로 나가그라!"

"난 몰라요. 내 집을 두고 왜 가야하는지…… 아무 것도 모른다구요."

말을 걸어준 어머니가 고마웠다. 비록 어머니가 내포하고 있는 뜻은 받아들이는 자신과 다를지언정 말을 해 주었다는 그 자체만으로도 눈물나도록 고마웠던 것이다.

집으로 돌아 온지 거의 3개월만의 대화였다. 여름이 가고 어느덧 가을의 중반을 넘어서고 있었다.

어머니는 술병을 빼앗아 마당으로 내동댕이쳤다.

"안 돼, 술은 안 돼. 차라리 날 죽여요!"

허겁지겁 마당으로 달려가 깨어진 술병을 끌어 모았다.

"야 이년아, 얌전히 나 죽었소 하고 죽어지내도 시원찮을 긴데 술을 처먹고 추태를 부리나? 보자보자 하니께 이년이 제 집 구석에서 하던 버릇을 그대로 하고 안 있나.

복장을 질러도 유분수지. 야 이년아. 그러게 결손 가정에서 커온 자식은 어디가 달라도 다르다 안카드나. 내 미리 짐작해서 너거 둘 결혼을 죽자고 말렸던기라. 차라리 나가서 뒈져라 이년아. 남의 가문 더 이상 박살내지 말고."

어머니는 미현의 머리채를 돌돌 말아 흔들었다. 미현은 희죽 희죽 웃었다. 분노의 감정은 남아있지 않았다. 오히려 어머니의 욕설이 기쁘게만 느껴졌다.

태욱은 만신창이가 된 아내를 데리고 밖으로 나와 터진 입술의 피를 닦아주고 헝클어진 머리를 빗겨 주었다. 아내는 환하게 웃었다. 처참하게 일그러진 몰골로 편안하게 웃음을 짓는 아내가 도무지 이해가 되지 않았다.

그의 손을 꼭 거머쥔 아내는 애절하게 말했다.

"잠깐만이라도 당신 곁에 있고 싶어."

말없이 고개를 끄덕여 주었다. 둘은 나란히 언덕을 내려갔다.아내는 길섶의 늙은 강아지풀을 뜯어 그에게 콧수염을 만들어 주고 이름 모를 꽃을 꺾어 머리에 꽂았다. 부어터진 아내의 입술 사이로 자꾸만 말간 웃음이 새어 나왔다.

강둑에 이르렀을 때 마을 사람 몇이 다가오고 있었다. 아내가 몸을 옹크렸다. 태욱은 아내의 손을 놓아 버렸다. 아내가 잔뜩 겁에 질려 놓친 손을 붙들었다.

"가지마, 가지마."

아내가 그를 간절히 불렀다.

"놔, 놓지 못해!"

그는 아내를 밀쳐내고 돌아섰다.

"무서워…… 무서워. 날 혼자 두고 가지마."

아내는 공격적으로 달려들어 그의 손을 다시 움켜쥐었다. 그는 아내와 마을 사람들을 허둥지둥 번갈아 보았다. 그들은 점점 더 가까워지고 있었다.

엉겁결에 아내의 손을 깨물어 떨쳐 버리고 둑 아래로 미끄러져 내려갔다.

그들이 다가오자 아내는 잔뜩 경계 태세를 갖추었다. 젊은 사내들 몇이 둘러싸고 아내의 옆구리를 쿡쿡 찌르며 비웃음을 던졌다.

아내는 사내들을 떨쳐 내려고 신들린 무당처럼 꽃잎을 뿌리며 껑충껑충 뛰었다. 그래도 사내들은 계속해서 아내를 놀려댔다. 아내는 도살장에 끌려가는 가축처럼 버둥거렸다.

태욱은 견딜 수 없이 자신의 행동에 화가 났다. 세상 사람들 모두가 아내를 비난해도 자신만은 아내를 지켜줘야겠다고 다짐했었다. 하지만 메마른 사회가 던지는 편협적 시선의 강박관념은 그를 비열한 사내들과 다름없게 세뇌시켰다.

'이 바보야, 도망쳐 어서.'

그는 돌을 주워들었다. 여차하면 돌이라도 던질 요량이었다. 그러나 단호하게 명령하는 그의 또 다른 사고는 유혹의 손길을 뻗었다. 아내와 함께 있는 것은 치욕이야 라고.

바위 뒤로 숨어 납작 엎드렸다. 더 이상 아내와 사내들은 보이지 않았다. 한참동안 곤욕을 치른 아내는 그들이 사라지자 태욱을 불렀다.

"다 갔어요. 이제 그만 나와요."

아내는 짓이겨진 꽃잎을 처연하게 바라보더니 다시 길섶 꽃들을 꺾었다.

태욱은 쏜살같이 둑을 올라와 닦달했다.

"집으로 가자!"

"난…… 당신만 옆에 있으면 이렇게 행복한데 당신은 나 때문에 행복하지 않을 거야."

"젠장, 난 행복하지 않아!"

아내의 손에 들려진 꽃을 빼앗아 짓밟아 버렸다.

"마을 사람들을 피하지 마. 당신은 그들에게 죄를 짓지 않았어."

"입 닥치고 따라와."

아내는 또 다시 바보 같은 웃음을 게워냈다. 태욱은 그녀의 웃음 때문에 질식할 것 같았다.

"널 보낼 거야. 난 더 이상 너를 감싸주지 못해!"

태욱의 외박이 잦아졌다. 어머니와 미현의 사이에서 중간 입
장을 지켜내던 태욱이 외도를 시작한 것이다. 며칠씩 집을 비
운 희영이 돌아와 입 소문을 소상히 전해 주었지만, 그녀는 믿
고 싶지 않았다.

"아빠가 가희 아줌마하고 읍내에 살림을 차렸대."

"헛소문 일거야. 너희 아빠 그런 사람이 아냐."

"살고 있는 집까지 확인하고 오는 길이야. 엄마는 도대체 누
구편이야? 할머니가 뻔질나게 읍내에 가는 이유를 아직도 모
르겠어?"

"희영아, 그만해."

"이놈의 집구석. 이러니 들어오고 싶겠어?"

희영은 문을 박차고 언덕 아래로 내달렸다.

일주일만에 들어온 태욱은 술이 적당히 취해 기분이 그리 나
빠 보이진 않았다. 마음을 굳게 먹고 태욱이 머무는 건너 방으
로 들어갔다.

"얘기 좀 해야겠어요."

"당신하고는 말하고 싶지 않아. 나가 줘, 피곤해."

그는 방문을 열고 미현이 나가기를 기다렸다. 그녀는 우두커
니 서서 그를 바라보았다.

"당신, 나 때문에 외박을 해요? 나 때문이라면…… 내가 당
분간 나가 있을 게요."

그는 능글능글 비웃음을 치면서도 맹렬했다.

"왜, 이제 슬슬 지겨워지나? 사내들이 그리워지는 거야?"

"이러지 말아요……."

"내가 무얼 어쩐다구. 당신을 구박이라도 했나?"

"당신의 침묵이 힘겨워요. 차라리 날 구박한다면 편해질 것 같아요."

"그래? 좋아. 그럼 술집에서 만난 사내들과 한 짓을 나한테 똑같이 해 봐. 그 정도 요구는 기쁘게 받아드릴 수 있지? 당신은 굶주려 있을 테니까."

태욱은 옷을 벗어 던지고 미현을 끌어안았다. 그의 눈가에 눈물이 고여 있었다. 증오로 이글거리는 광기와는 달리 얼비친 눈물 사이로 허망하게 무너져 내리는 나약한 남편의 슬픔이 그녀에게 위로를 구하고 있었다.

태욱을 어루만졌다. 욕창자국으로 불거진 상처의 굴곡을 지나 부드럽게 등판을 쓸어 내렸다. 태욱은 거친 숨을 몰아쉬며 불끈 솟은 남근을 달금질 했다. 여체 앞에선 그도 별 수 없는 사내였다.

천천히 다가가 입을 맞추었다. 그가 무너져 내리는 모습은 그녀의 몸을 거친 사내들이랑 다를 바 없이 욕정의 냄새가 물씬 풍겼다.

그의 발정을 받아들이기 위해 몸을 밀착시키는 순간이었다. 발기된 그의 남근은 어처구니없게도 맥없이 모로 픽 쓰러졌다.

낭패감에 진저리를 치던 태욱은 미현을 밀쳐내고 반드시 누워 허공을 바라보았다.

"차라리 날, 돈으로 산 창녀라고 생각하세요. 지금 당신은 창녀에게 질 높은 서비스를 받고 있다고……."

살며시 그의 귀에 대고 속삭였다.

"후후, 당신 몸을 팔아서 내 목숨을 샀으니까 당신은 내가 창부가 되어 주었으면 하고 바랄 테지. 당신에겐 난 창부에 불과할 테니까. 착각하지 마. 난 당신의 창부가 될 수 없어."

그는 작지만 싸늘하게 응대했다.

가까이 다가갈수록 요원해지길 갈망하는 그의 태도는 그녀에게 수치와 모멸을 주어 일어서지 못하게 허물어뜨린 후, 방기하려는 술책이었다.

그녀는 격정이 일었다.

"그래, 난 창녀였어. 그래서 이제 당신과 함께 산다는 게 신물이나."

"그럴 테지. 나가기만 하면 힘 좋은 놈들은 얼마든지 고를 수 있을 테니까. 어때, 내 친구한테 사정해 볼까? 내 마누라가 힘 좋은 물건을 찾고 있다고."

온 힘을 다해 그의 따귀를 때렸다. 그가 미현의 가슴을 내질렀다. 침대 아래로 떨어진 그녀는 미친 듯이 소리쳤다.

"우리의 불행은 당신 때문이었어. 그런데도 당신은 그 불행이 나로 인해 시작된 것처럼 책임을 회피해. 나도 피해자야. 왜 나에게만 그 책임을 몰아 세우지?"

태욱은 조금은 수그러진 자세를 취했다.

"그래, 나도 알아. 내가 사고만 당하지 않았더라면 우린 행복하게 살고 있을 거야. 불행은 나로 인해 시작되었지. 그러나 그 불행은 이제 과거가 되었어. 지금 우리에게 닥쳐온 불행은 새로 시작된 거야. 너 때문에."

"나 때문이라고?"

"차라리 날 죽게 내버려두지 그랬어! 누가 너보고 몸까지 팔아서 살려 달라고 했니?"

"목숨이 붙어있는 당신의 숨통을 끊었어야 옳았을까? 당신이 죽은 후 양지바른 곳에 묻어 주었더라면 지금쯤은 아이들과 재미있게 살고 있을까?"

"이봐, 마치 내가 당신을 창녀로 팔아 넘긴 것처럼 지껄이는군. 당신이 몸을 팔지 않아도 난 살아났을 거야."

"그랬을까? 산소 호흡기에 의지해 목숨을 연명하는 당신을 퇴원시켰더라도 살아났을까?"

태욱은 바람벽을 내질렀다.

"난 너에게 아무 것도 원하지 않았어!"

"그래, 당신은 살려 달라고 애걸하지 않았어. 내가, 당신 없이는 살 수 없었어. 무슨 짓을 하든, 당신이 살아나면 행복할 줄 알았어. 다 내 잘못이야. 그렇지만…… 당신이 불행하면 나도 불행해."

"가증스러워. 몸을 팔지 않고도 얼마든지 살아 갈 수는 있어. 당신의 더러운 행위가 나를 위한 희생인 양, 강요하지 마."

"정말 그랬을까? 공사장을 전전하며 온종일 부어터진 다리를 싸안고 눈물을 흘리면서도 파스 한 장 사 붙이지 못했어. 퇴근 후에도 부업을 붙들고 밤을 꼬박 새웠어. 그래도 당신 치료비를 대기엔 역부족이었어.

중환자 실에서 의식이 없는 당신을 부여잡고 스도 없이 맹세했었어. 당신만 살아 준다면 어떠한 짓이라도 하겠다고. 난 포기 할 수 없었어.

아버지가 없는 세상을 살아보지 않은 사람은…… 그 고통의 무게를 모를 거야. 나쁜 짓을 하지 않아도, 아무리 좋은 일을 해도 세상 사람들은 아비 없는 자식이란 오명을 씌우지. 우리 아이들만은 아비 없는 자식으로 만들고 싶지 않았으니까. 그리고 당신을 사랑했으니까. 하모니카를 불고있던 그 소년은 이미 잊을 수 없는 사람이 되어 있었으니까."

"그만! 그만해. 어떤 말을 해도 이제 널 사랑하지 않아."

"알아, 알고 있다구! 당신한테 사랑 받자는 게 아냐. 그냥 옆에서 살게만 해 줘. 당신과 아이들 곁에서 조용히 죽은 듯이 살게. 제발 부탁이야."

"난 아내를 버리는 비열한 인간은 아니야. 최소한의 양심이 남아 있다면 날 편하게 해 줘. 내 눈앞에 얼쩡거리지 말란 말이야!"

태욱은 격분해 주먹을 휘둘렀다. 미현도 물러서지 않았다. 그는 격분을 즐기려는 듯 육탄전 와중에도 하하, 하고 의미없는 웃음을 짓기도 하면서 노골적으로 그녀의 치부를 건드렸다.

"김민재라고 했나? 그 놈과의 잠자리는 만족했나? 어때, 쓸 만한 물건인가? 재미는 원없이 봤나? 후후후."

"당신한테 비하겠어? 아주 훌륭했지. 그 뿐인 줄 알아? 진작 그를 만나지 못한 게 후회스러워! 이 나쁜 자식아."

교묘한 방법으로 태욱은 아내의 자리를 내놓으라고 강요하고 있었다.

'이젠 돌이키지 못해, 너무 늦어 버렸어. 궁지에 몰렸어.'

미현은 겸허하게 현실을 받아들이자고 마음을 다졌다. 무수한 발길질과 주먹을 내리치던 태욱은 지쳐 버렸는지 풀썩 주저앉았다.

잠시 쉬고 있다가 격분해 그가 다시 으르렁거릴 것을 생각하니 진저리가 쳐졌다. 그와 다투는 것은 아무 가치 없는 소모전일 뿐이었다. 사생 결단을 낼 요량으로 덤벼드는 태욱을 이해하기로 했다.

동네 사람들의 따가운 시선, 그녀를 대하는 부모님의 냉담함을 그가 견뎌내기엔 한계에 도달해 있었다. 잠시의 휴식이 중압감으로 작용했다. 어서 끝내 버리고 싶었다. 아무런 미련도 잡고 싶지 않았다.

그 동안은 그가 존재함으로써 그녀도 존재할 수 있었다. 그

러나 지금 태욱 앞에 선 그녀의 존재는 한낱, 쓸만한 가치가 없
는 버려야 할 물건이 되어 버렸다.

"가희와 재혼할 생각이라면 그렇게 해. 우리 이혼해요."

태욱은 심드렁하게 픽 웃고는 대꾸하지 않았다.

'그래, 나만 떠나면 되는 거야.'

그가 드러낸 진실은 그녀가 떠나기를 바라는 거였고 그녀가
가족 앞에 굴복하는 거였다.

"이혼 서류는 곧 준비할게요."

그의 얼굴이 납덩이처럼 창백해졌다. 그의 곁으로 다가가 살
며시 안아 주었다. 그가 발정난 짐승처럼 거칠게 미현을 쓰러
뜨렸다. 장대비같이 굵은 눈물방울이 가슴으로 쏟아져 내렸다.
태욱은 통곡하고 있었다.

"미현아, 네 스스로 떠나 줘. 제발 부탁이야."

그의 애원은 너무나 간곡해서 예리한 칼날로 심장을 도려내
듯 통증을 몰고 왔다.

*

이혼 서류는 빠르게 작성되었다. 이혼장을 내밀자 그는 순순
히 도장을 꾹꾹 찍어 주었다. 나란히 외출 준비를 하고 집을 나
섰다. 가족들은 웬일인가 싶어 언덕을 다 내려오도록 시선을
거두지 않았다.

판사는 절차를 확인할 요량으로 간단하게 질문을 던졌다.

"위자료 문제와 아이들 친권은 합의를 했습니까?"

태욱은 분명한 어조로 대답했다.

"네."

사실 아무 것도 상의하고 합의한 내용은 없었다. 협의 이혼 서류는 일방적으로 미현 혼자서 작성한 것이었다.

"자, 두 분은 이제 이혼되었습니다."

판사는 서류를 정리하고 문을 가리켰다.

그와 함께 했던 19년의 세월이 너무도 간단하게 결단이 났다. 그들은 아무 일도 없었다는 듯 나란히 분식 집으로 들어가 칼 국수를 시켜 먹고, 카페에서 커피를 마셨다.

아무도 그들이 지금 막 이혼 서류에 도장을 찍은 해체된 부부라고 알아 챌 수 없도록 간혹 눈이 마주치면 웃음을 지었다. 그와 마주한 적이 언제인지 까마득히 먼 것이 억울하고, 다시 는 얼굴 맞대고 웃을 일이 없다는 것이 속상해서 미현은 해죽 해죽 헤프게 웃었다.

택시를 잡아타고 마을에 도착했다. 강둑에 접어들자 서러움 이 북받쳐 발길이 떨어지지 않았다.

내일이라도 당장 집을 떠날 처지를 생각하니 막막하기 그지 없었다. 치열하게 살아온 지난 몇 년은 오늘을 준비하기 위한 준비작업에 불가해 보였다.

강둑에 서서 강변을 샅샅이 훑었다. 강물 속에 잠긴 노을은

다시는 떠오르지 못할 죽음의 수렁으로 빠져든 듯 침몰되어 갔
다.

그도 암담한 그녀의 심정을 알아챘는지 옆으로 다가와 강물
을 바라보았다.

"몸은 이대로 두고 내 마음만 쏙 빼내서 당신에게 줄 수 있다
면…… 난 그렇게 하고 싶어요."

"네 마음은…… 이미 이 곳에 담겨 있어."

태욱은 가슴을 톡톡 쳤다.

"연락을 하면 날 만나러 올 건가요?"

"아니, 가지 않을 거야. 이 상태로는 서로의 상처를 어루만져
주지 못 할거야."

"이대로 영영 이별인가요?"

"그래."

정말 간단한 대답이었다.

"맙소사! 이대로 끝이면, 누가 나에게 면죄부를 씌워주지?
내 몸을 스쳐간 사내들이? 철우 선배가? 민재씨가? 도대체 누
가 내 죄를 사해 주느냔 말이야! 대답해 줘요, 난 이대로 갈 수
없어."

미현은 극도로 흥분해 흙을 파헤치고 고래고태 소리를 지르
며 과수원이 있던 곳으로 달려갔다.

이혼 서류를 준비하면서 그가 원하지 않는다면 멀리 떠나리
라, 가족의 눈에 띄지 않는 먼 곳으로 사라지리라, 몇 번이고

나약함을 추스렸다. 그러나 막상 이혼을 하자 이대로 떠나기엔 너무나 억울했다. 그녀는 가족에게 단죄를 당한 죄인이었고 태욱에겐 쓸모없는 물건에 지나지 않았다.

미현은 소년이 기대었던 복숭아나무 근처에 이르러 천천히 주위를 둘러보았다. 그 곳엔 소년의 흔적은 없었다. 「산내들 자연농원」이라는 팻말이 우뚝 서 앞을 가로막고 있었다.

식당과 사무실 건물을 돌아 실외 수영장 앞에서 걸음을 멈추었다. 진영과 희영이 술래잡기를 하던 아름드리 나무를 찾아보았다.

장방형 콘크리트 구조물 속에 담긴 파란 물결 속에 낯설고 해괴한 몰골로 비운과 맞닥뜨린 한 여자가 일렁이고 있을 뿐, 아이들의 흔적은 어디에도 없었다.

비적비적 둑으로 올라갔다. 극심한 외로움이 몰려왔다. 이 세상의 모든 것이 사라진, 폐허의 정점에 그녀는 홀로 서 있었다.

태욱은 그녀의 어깨를 감싸안고 강둑으로 데려왔다. 조금은 흥분을 가라앉힌 그녀는 조팝나무 밑에 고엽이 되어 소복이 떨어진 잎사귀를 긁어모았다.

참꽃 몽우리처럼 작은 몸을 옹크리고 은백의 가루를 모아 쥐던 그 아이, 가지런한 치아 사이에 꽃잎 하나를 얹어놓고 환하게 웃던 그 아이. 그렁그렁한 눈물을 보이지 않으려고 눈을 부릅떠 태욱을 바라보던 그 작은 여자아이가 벗어 놓았던 빨간 운동화 한 짝 위로 분가루처럼 하얗게 흘러내리던 무수한 꽃잎.

그 작은 여자아이는 가슴 속에 깊이 아로새겨 있지만 아내는 이미 가슴에서 빠져나가 버렸다. 태욱은 색이 바랜 나뭇잎을 가만히 주워 들었다. 한참을 흐느끼던 아내가 그에게 기대왔다.

"운동화 한 짝을 돌려주세요."

태욱은 흐려진 시야 때문에 아내의 얼굴이 보이지 않아 숨이 막힐 듯이 안타까웠다.

"저 강물에 띄워 보냈어."

"왜…… 그랬어요."

"그 여자아이가 너무 그리워서…… 소년의 가슴이 그리움에 사무쳐 녹아 버릴 것 같아서. 작은 그 아이를 기억에서 지워 버리고 싶어서."

"안 돼, 아직은 안 돼요. 난 지워지기 싫어. 당신은 여기에 남아 있는데, 당신이 날 잊어버린다면……."

아내는 말끝을 맺지 못하고 다시 울음을 터트렸다. 아내를 꼭 끌어안았다. 할 수만 있다면 아내의 가슴에 박힌 자신의 존재를 뿌리까지 몽땅 캐내고 싶었다. 떠나는 아내가 아무런 미련 없이 편안히 갈 수 있도록.

"이 곳엔 언제나 당신이 있었어."

태욱은 조팝 나뭇잎을 하나둘 헤치며 좌절과 분노를 감추어 놓고 슬프게 웅얼거렸다.

"조팝꽃이 흐드러지게 필 때면, 그 여자아이가 오기 전에 꽃이 지면 어쩌나…… 마른 바람이 부는 날에도 바람막이 되어 꽃을 지켰어. 한 잎 두 잎 꽃이 떨어지면 흘러내린 꽃들을 끌어 모아 그늘로 몰아 넣었지.

하얗게 이운 꽃잎에 물을 축여주며 시들지 마라, 그 아이가 올 때까지 시들면 안 된다, 젖은 꽃잎이 축축 늘어지고 나서야 집으로 돌아갔어. 한나절도 못되어 꽃잎은 곧 시들고 말았지. 마지막 한 잎이 남은 날, 난 그 아이가 조팝꽃 그늘아래 살고 있다고 믿게 되었어. 그 아이가 그리운 날이면 조팝나무 그늘에 앉아 얘기를 나누었지.

언제쯤 모습을 드러낼 거냐고, 언제쯤 이 그리움을 거둬갈 거냐고. 내 어린 시절은 그 아이가 나의 전부였어."

아내는 눈물범벅인 채로 조팝나무 그늘을 들여다보았다.

"내가 풀이라면, 영영 이 곳에서 살아가는 풀이라면 당신이 날 위해 뿌리를 다져주고 바람을 막아주고 시든 잎새에 물을 줄텐데. 당신만 바라보는 풀이라면 지금도 당신이 날 사랑할텐데……"

아내는 가슴에서 우러나오는 슬픈 감정을 억지로 밀어 넣었지만 결국 말을 맺지 못하고 고역스럽게 메인 목을 터트리고 말았다.

"우리 다시는 사람의 모습으로 만나지 말자. 먼 훗날 어느 별에서 다시 만난다 해도 아는 체 하지 말자. 다시 만나면 서러운 기억들로 아파해야 되니까…… 다시는 아파하면 안되니까, 만나지 말자."

"죽어서도 내 영혼 속에 당신이 남아 있으면, 도저히 잊을 수 없으면…… 다시 태어나도 당신이 보고 싶으면, 그땐 어떻게 하나요."

"이 다음에 우리 풀로 태어나자. 풀로 태어나서 조팝꽃 그늘 아래 자리를 잡고 옹골지게 뿌리를 내려서 바람이 불면 몸짓으로만 사랑하고, 바람이 멈추면 마음으로만 사랑하자. 아무도 우리 곁에 다가오지 못하게 하고 아무에게도 다가가지 말자. 이 세상의 모든 소리들을 듣지 말고, 말하지 말고 땅 속에 뿌리를 내린 풀로 태어나 느끼기만 하면서 우리 둘만이 사랑하자… 꼭 그렇게 사랑하자."

아내는 격한 감정을 다스렸는지 조용히 일어서 둑길을 걸어갔다. 달빛이 내려와 아내의 머리가 하얗게 질려갔다. 싸늘한 가을 바람이 불어왔다.

아내의 짧은 퍼머 머리가 쭈빗 솟아오르더니 허공에서 버둥거렸다. 바람결에 출렁이던 아름다운 달빛은 아내의 퍼석한 머리카락을 휘감고 음산하게 쓰러져 갔다. 아내가 멈춰서 돌아보았다.

태욱은 과수원으로 들어가 그 작은 여자아이가 서 있던 그 곳에 한참을 망연히 서 있었다.

"내가 널 보내는 이유는 널 사랑하기 때문이야. 더 이상 너의 고통을 지켜 볼 수 없어서. 내 어머니가, 우리 아이들이, 이 세상 모든 사람들이 너에게 퍼붓는 비난과 경멸을 견디기 힘들어서, 진실을 똑바로 주시하지 못하는 오염된 인간들로부터 널 지켜 주고 싶어서……. 아무도 널 알지 못하는 땅으로 가서 자유롭게 살아 주었으면 해서…… 널 보내는 거야. 이 곳은 기억하지 마. 다시는 기억하지 마."

"거짓말 하지마! 당신은 날 사랑하지 않아!"

아내는 분출하는 피 빛처럼 섬뜩한 격분을 폭발했다.

"아냐! 아직도 널 사랑해! 그러나 남자에게는 여자가 이해 못하는 욕망이 도사리고 있어. 산산 조각난 꿈이 수없이 부활을 하고 부활한 꿈은 도전장을 던지지.

다시 시작해라. 멈추지 마라. 사소한 것에 미련을 두지 마라! 나도 인간이야. 이대로 주저앉을 수 없어. 남은 인생을 너 때문에 날 포기할 수 없단 말이야! 나에겐 가희가 있어. 그녀는 잃어버린 내 꿈을 찾아 준 댔어! 난 가희가 필요해!"

꿈을 찾기 위해 아내를 버려야 한다니. 그의 속성은 끔찍하도록 치가 떨리고 비겁했다.

"내가 살아온 세월은 이렇게 허무한 것이 아니었어. 이렇게 남루하고 구차한 것이 아니었어. 그래, 가! 가희한테 가버려!"

아무리 신나는 곡을 연주해도 구슬픈 하모니카 음률처럼, 그녀 인생 역시 몸과 마음을 바쳤지만 가족과 사회로부터 외면당한 저 홀로의 구성진 몸부림에 불과했다.

속절없이 흘러간 세월. 가정을 지키기 위해 그 모진 고통을 인내했는데 결국 가족에게 버림받은 그녀는 천박한 존재가 되어버렸고 웃음과 몸을 파는 작부라는 오명만을 뒤집어 쓰게 되었다.

미현은 억울했다. 억울해서 태욱이 이미 돌아서 버린 것을 알면서도 참혹하게 매달렸다.

"당신 속엔 언제나 내가 들어 있다고 믿어왔어. 내 마음속에는 언제나 온통 당신의 모습으로 가득했으니까. 우리 사랑은 끝이 보이지 않았어. 지금도 난 끝을 볼 수 없다구! 그런데 어떻게 헤어져. 안 돼, 이대론 안 돼. 사랑해, 사랑해. 아직도 난 당신을 사랑해."

"젠장, 난 네가 지겨워, 지겹단 말이야."

그는 불같이 화를 냈다.

미현은 그의 앞을 가로막았다.

"날 잊지 않는다고 약속해!"

"후후, 젠장. 넌 사랑을 무기로 내 발목을 잡을 수 있다고 생각 하니? 남자는 사랑에 목숨을 걸지 않아. 조건이 어긋나면 언제든 떠날 준비가 되어 있거든. 이 세상은 그걸 원해. 아직도 모르겠니?"

"당신이 행복해 진다면 떠날게, 떠난다고. 내가 소원하는 것은 꼭 한 가지 뿐이야. 당신의 마음 속에서 살아가는 거, 죽은 듯이 꼭꼭 숨어 있다가 먼 훗날 당신이 날 기억해 준다면 당신 심장에 작은 먼지처럼 내려앉아서 호흡을 통해 당신의 냄새를 들이키고 당신이 행복하면 살며시 따라 웃을래. 우리가 사랑했던 기억을 잊지만 말아 줘."

그는 뛰었다. 두 팔을 휘저으며, 따라오지 말라고 고함을 지르며, 자신의 이기심에 충실하며, 그렇게 그는 멀어져갔다.

그녀는 둑길에 홀로 남겨져, 겹겹의 파문으로 동요되는 가슴을 진정시켰다. 그리고 왼발을 감싸 쥐었다.

"당신을 만난 날 잃어버린 내 운동화는 아직까지 돌아오지 않았어. 벗겨진 신발 한 짝 때문에 내 발엔 물집이 잡히고, 피멍이 들고 가시철망이 박혔어. 주인을 찾지 못한 내 발은 고독하고, 그립고, 슬퍼. 날 너무 아프게 해."

처참하고 피로하고 고요한, 완전한 배반이 너무나 독선적으로 너무나 당당하게 그녀를 지배했다.

*

무덤 속보다 더한 한기가 느껴지는 이튿날이었다. 저녁식사 시간에 미현은 모두가 모인 자리에서 이혼을 알렸다. 희영만이 그녀를 올려다보았을 뿐, 누구 하나 입을 여는 사람이 없었다.

상을 물리자 시어머니는 설거지를 하기 위해 주방으로 다가서는 미현을 밀치고 거칠게 그릇들을 닦았다. 그릇 부딪히는 소리가 어서 떠나라고 부축이듯이 진저리 쳐지도록 아리게 들려왔다.

"갈라섰으면 갈 것이지 뭐 하로 아직 얼쩡 대노."

노인의 말을 뒤로하고 조용히 아이들 방으로 들어섰다. 옷가지들이 너절하게 널려있는 희영의 방. 정작 어지러운 건 이 아이의 마음이리라. 미현은 옷가지들을 옷장에 걸어두고 서랍을 열어 속옷과 겉옷, 양말을 분리해 차곡차곡 넣었다. 그리고 준비해 둔 내의를 각자의 서랍에 챙겨 넣었다. 정말 시린 겨울은 이제부터가 아닌가.

거실에서 간간이 웃음소리가 들려왔다. 그녀가 없어도 가족들은 충분히 행복해 보였다. 참담한 기분을 억누르며, 웃음이 멈출 때까지 죄 없는 양말만 몇 번이고 접었다 폈다를 반복했다.

방문을 열고 거실로 나갔다. 아이들에게 다가갈수록 얼음 위를 걷는 것처럼 발바닥이 서늘했다.

과일을 포크로 찍어 막 입으로 가져가려던 진영이 미현이 나타나자 포크를 내려놓고 일어섰다. 마지막은 편안하게 함께 하고 싶었지만 기름인 채로 물 속에 녹아들 수는 없는 일이었다.

"진영아, 앉아라."

미현은 낮은 목소리로 진영을 불러 세웠다.

"우리 집에서 아직 할 일이 남아 있습니까?"

진영은 싸늘히 쏘아붙이고는 성큼 성큼 사라졌다. 진영이 토해놓은 우리 집이라는 단어가 돌덩이처럼 단단하게 가슴을 짓눌러왔다. 분별력을 잃지 않으려고 숫자를 세었다.

쇠창살보다 더 탄탄한 가족이라는 울타리 어디에도 그녀가 비집고 들어갈 작은 틈도 없었다.

'이혼이라니…… 이런 걸 바랐던 게 아니었어…….'

희영은 엄마의 입에서 이혼이라는 말이 나왔을 때 눈앞이 깜깜했다. 끓어 오르는 분노를 삭히고 안방으로 들어갔다. 아무 일 없었다는 듯 편하게 앉아서 텔레비전을 보는 가족들의 모습을 보니 화가 났다.

"아빠, 어떻게 이럴 수 있어요? 엄마는 갈 곳도 없다구요. 불쌍하지도 않으세요?"

태욱은 희영을 힐끗 쳐다보더니 아무런 말없이 묵묵히 앉아 담배만 피우고, 대변자라도 된 듯 할머니가 나서서 말했다.

"뭐가 불쌍한기고. 당연히 갈라섰으믄 나가야제. 어디 화냥년이 집에 들오와 있노. 야가, 큰일날 소리하고 있네. 잘못은 니 에미가 한기라. 어디서 큰 소리 치는기가. 니 에미가 그리 하라코 시키드나?"

끝내 참았던 눈물이 흘러내렸다.

"용서 못해. 아빠도 할머니도 오빠도……'

희영은 발을 헛딛는 꿈을 꾸다 깨어 얼른 눈을 떴다. 아침이면 떠나는 엄마를 어떻게 대해야 하나, 고민하다 깜박 잠이든 모양이었다.

새벽 3시. 문틈으로 새어 들어오는 불빛. 그리고 간간이 들려오는 흐느낌.

아침은 아직 멀기만 한데 엄마는 밤새 눈물로 지샐 모양이다. 몰래 숨죽여 울음을 삼키는 엄마. 그토록 모질게 당했으면서도 왜 쉽게 미련을 버리지 못하는 걸까. 한편으로는 엄마가 가족에게 멸시 당하느니 이 올가미에서 벗어난다면 지금보다 더 편안해 질 거라는 생각이 없었던 건 아니었다.

하지만 스스로 떠나는 자와 억지로 떠밀리는 자의 뒷모습이 같을 수는 없는 일. 어렵게 말을 꺼내며 오히려 담담한 표정을 짓던 엄마의 모습이 희영의 가슴에 긴 그림자를 남길 것만 같았다.

희미하게 날이 밝아오고 있었다.

방문 열리는 소리에 희영은 문틈으로 밖을 살폈다.

작은 손가방을 든 엄마가 집안을 찬찬히 둘러보고 있었다.

얇은 실크 블라우스와 스커트를 단정히 입은 엄마. 어깨가 유난히 좁아 보이는 것은 왜일까.

희영은 옷장에서 점퍼를 꺼낸 후 다시 거실을 살펴보았다. 방문을 왈칵 열고 뛰어나가 점퍼를 입혀주고 싶었지만 엄마와 눈을 마주칠 자신이 없어 마른침만 삼켰다.

'아무 것도 기억하지 마. 구석구석 엄마에게 등돌리지 않은 것 하나도 없는데 왜 눈을 떼지 못하고 있는 거야.'

희영은 점퍼를 세게 움켜쥐었다.

'엄마도 어딘가에 엄마의 것 하나쯤은 숨겨 놓아야 옳았어. 나…… 지금 엄마를 볼 자신이 없어.'

엄마가 손등으로 눈가를 누르는 것을 보고 희영은 자신도 모르게 손으로 입을 틀어막았다. 그 위로 뜨거운 것이 한 방울 흘러 내렸다.

'그래도 다행이지 뭐야. 평생 엄마를 가슴에 담고 살 내가 있으니 말이야. 죽어도 엄마처럼 살지 않으려고 버둥거릴 엄마의 딸. 죽어도 엄마처럼 모두 다 내어 주고 살지 못할 엄마의 딸. 당분간만 그것을 위안으로 삼고 살아. 당분간만. 내가 엄마 앞에서 웃을 수 있는 날까지만.'

두서 없이 무수한 말들이 입안에서 맴돌았다.

엄마가 신발을 신고 밖으로 나섰다. 순간 희영의 마음이 조급해졌다. 추운데. 새벽바람이 찰 텐데. 희영은 점퍼를 들고 밖으로 뛰어나갔다.

차마 떨어지지 않는 발걸음을 끌고 집을 힐끔거리는 엄마.

"잠깐만."

좌우로 흔들리는 엄마의 얼굴에서 눈물이 흘러 내렸다.

"자다 말고 왜 나왔어?"

엄마는 자신의 목에 둘러져 있던 스카프를 풀며 희영에게 다가왔다. 희영은 침을 꿀걱 삼키고 이를 악 물었다. 점퍼도 뒤로 감추고 한 발짝 물러나 거리를 두었다.

"가는 건 봐야할 것 같아서."

자식된 도리로서 배웅을 나왔다는 듯 냉정하고 옹색하게 작별인사를 했다.

엄마는 싫다고 뿌리치는 희영의 목에 기어코 스카프를 매어 주었다. 추울까 봐 점퍼를 걸쳐 주러 온 것이 오히려 두르고 있던 스카프까지 빼앗은 격이 되고 말았다. 희영은 엄마를 보지 않으려고 힘차게 뛰어서 방으로 들어왔다. 흐르는 눈물을 막을 수가 없었다.

아픔이 뼈 속까지 저며들며 죽음의 계곡에 버려진 느낌이었다.

태고의 침묵 같은 고요가 감돌았다. 어느 누구 하나 인기척을 내지 않았다. 울타리에 이르러 집안을 둘러보았다. 추억보다는 처절했던 삶만이 서럽게 남아 있었다. 한 발 한 발 자신의 흔적을 새길 요량도 아니었는데, 발걸음은 쉽사리 앞으로 나아가지 못했다. 언덕 중간쯤 이르렀을 무렵이었다. 희영이 그녀를 불렀다.

"엄마, 기다려 줘요."

가슴이 쿵 무너져 내렸다. 하지만 곧 이은 희영의 말이 마지막까지 가슴을 아프게 했다.

"같은 여자로서 엄마를 이해 해. 하지만 내 엄마는 아직 용서하지 않았어."

희영을 품에 안고 어깨라도 두드려 주고 싶었지만 아이의 한마디는 작살처럼 날카로웠다. 오히려 마음이 홀가분해졌다. 집을 나서면서 아이들이 아파하면 어쩌나, 이 못난 어미를 염려하면 어쩌나 숨이 막히고 가슴이 고통으로 으깨어졌다. 그러나 진영도 희영도 떠나는 어미에게 미련을 두지 않았다. 걷던 발걸음을 재촉했다.

언덕을 내려서면서 어쩌면 태욱이 달려나와 가지 말라고, 옛일을 생각하며 다시 시작해 보자고 잡아줄지 모른다는 어처구니없는 생각까지 들어 보폭을 줄였다.

언덕을 되돌아보았을 때 거짓말처럼, 미치도록 태욱이 보고 싶었다. 당장 뛰어 올라가 한번만 더 생각해 줄 수 없냐고, 도저히 떠날 수 없다고 매달리고 싶었다.

집 근처엔 개미새끼 한 마리 얼쩡대지 않았다.

언덕을 내려서고 버스 정류장까지 왔지만 태욱의 모습은 끝내 보이지 않았다.

어디로 가야하나. 허망함과 자유로움이 교차했다. 술을 따르고 교태를 부리고 몸을 팔아도 이젠 아무도 간섭할 사람이, 가족이, 두려움이 없었다. 그러나 가슴 속에 숨겨놓은 그리움들이 한없이 물결쳐, 왔던 길을 되돌아 언덕 입구까지 왔다.

어쩌자고 여기까지…… 되돌아 왔을까. 반쯤 눈을 감고 동네 어귀에서 자신이 서있는 자리까지 눈 도장을 찍그 또 찍었다. 길은 여명으로 서슬이 퍼래진 채 성가신 존재는 어서 지나가라고 등을 떠밀었다.

허겁지겁 그 곳을 벗어나 내성천에 이르렀다. 그 곳 역시 세상의 온갖 무게를 다 짊어진, 넌더리나는 여자의 침몰을 기다리는 늪이었다.

억새무리가 바람결에 흔들려 떠도는 유랑자처럼 방황했다. 강둑에 서서 내성천을 굽어보았다. 무심한 물결은 처음 이 곳에 왔을 때와 변함없이 한곳을 향해 흐르고 있었다. 그녀가 한 사람을 향해 마음을 던졌듯이.

미현은 오랜 시간 불지 않아서 음침한 색을 띤 하모니카를 꺼내들었다. 손수건을 꺼내 윤기가 나도록 정성껏 닦았다.

하얀 억새군락은 흰 구름 속살 같은 순수를 뿌려놓고 사붓이 옷깃을 어루만져 주었다. 모래사장을 지나 강가에 다가섰다. 손에 들려진 하모니카가 파리한 빛을 토해냈다.

망설임없이 수심이 가장 깊은 곳을 향해 힘껏 던졌다. 풍덩 소리와 함께 하모니카는 자취를 감추었다. 물결이 포물선을 만들며 번져나갔다.

그 다음, 그 다음 저 속으로 사라져 버려야 할 것이 무엇일까. 미현은 강둑에 앉아 가슴 가장 밑바닥에 있는 것부터 하나

씩 물 위로 띄워 보내기 시작했다. 하지만 그것들은 선뜻 멀리
까지 흘러가 버리지 못하고 다시 돌아와 미현의 주위를 맴돌았
다.
　정작 떠나야 할 것들은 한 발도 양보하지 않고 미현의 앞을
단단히 가로막고 서 있었다.

유유히 흐르는 강물

한이 아르바이트를 마치고 집으로 돌아왔을 대 미현은 한의 집 대문 옆에 쪼그리고 앉아 있었다. 어디서 술을 마셨는지 인사불성이 된 그녀는 시퍼렇게 부어오른 피멍을 기마에 달고 천연덕스럽게 잠을 자고 있었다.

한은 미현에게 무슨 일이 일어났는지 직감했다.

벌겋게 달아오른, 연탄불처럼 솟지 못한 분노가 뜨겁게 치밀었다.

미현을 부축해 대문을 넘었다. 헬쑥해진 눈까풀을 파르르 떨며 그녀는 고통을 호소했다. 곡성처럼 길고 짧게 이어지는 그녀의 신음소리는 느릿느릿 마당을 가로질렀다.

바스러질 것 같은 마른 몸은 방에 뉘어지자마자 깊은 어둠으로 휩싸였다. 한은 불을 켜지 않았다. 그녀의 초췌한 모습을 보고 싶지 않았다.

"내가 죄를 지었나 봐. 벌을 받았어……."

미현은 밤새 혼돈의 아수라에 매몰되어 끔찍한 집착과 내면의 폭동으로 자신을 무자비하게 학대했다. 미현이 죄인이라면 죄의 소굴로 인도한 건 한 이었다. 한은 하마터면 울음을 터트릴 뻔했다.

그녀에게선 한 쪽 날개 죽지를 화살에 맞은 참새 새끼처럼 애처로운 냄새가 물씬 풍겼다.

"한숨 자고 나면 괜찮아질 거야. 편히 자."

미현은 어린아이처럼 흐느끼기도 하고 성난 사람처럼 벌떡 일어나 머리칼을 쥐어뜯기도 했다.

그녀는 삶의 의욕을 완전히 상실했다. 과거의 모든 인연과 분리되었고 철저히 혼자가 되었다. 그녀는 술을 마셨다. 술만이 삶을 이어주는 유일한 시작이었고 끝이기도 했다.

한 잔의 술을 마시면 뇌리에 남아있는 조각난 어떤 형상을 짜 맞추려고 상상을 했고 차츰 취기가 오르면 그 형상은 조금씩 완성되어 결국 각질처럼 벗겨져 사라져 버렸다.

각질이 벗겨진 자리엔 깊은 상흔이 드러났다. 그 상흔 속에 들어있는 과거의 시간과 장소와 부정한 행위는 고문과 추궁으로 죄목이 부여됐고 날이 갈수록 망막의 화면에 채워지는 죄의 영상은 범위를 넓혀 현란한 슬픔으로 압박해 왔다.

슬픔은 엄숙하고 장엄한, 죽음 같은 절망으로 떠돌다가, 섬처럼 떠올라 그 중심에 그녀의 영혼이 누워 있었다.

그녀는 영혼의 섬을 축출해 현재로 이어진 모든 과거의 정체성을 섬에 가두었다.

그녀의 주위엔 죽음이 부유했다. 죽음은 그녀를 심리적 공황 상태에 빠뜨리거나 편집광에 걸린 사람처럼 한곳에 몰두시켜 의식을 놓아 버리게 했다.

결국 그녀는 자신의 부정 행위를 용납하자고 죽음과 묵약했다. 그러면 비로소 죽음과 그녀의 존재는 완전한 하나로 무력해졌다.

새벽녘에 잠시 눈을 붙인 미현은 창문을 열어 놓고 창턱까지 들어온 햇살을 기웃거렸다. 너무도 큰 충격에 의식이 퇴행됐을까. 천진난만한 표정에 활짝 갠 웃음마저 지은 체 두 볼에 발그레한 홍조까지 띠고 콧노래를 흥얼거렸다.

한은 그녀가 오랜 침묵을 깨고 제 정신으로 돌아온 것 같아서 슬쩍 떠보았다.

"우리 외출할까? 백화점에 가서 아이 쇼핑도 하고 맛있는 것도 사 먹자."

그러나 그녀는 곧 정색을 하고 도도하게 쏘아 부쳤다.

"난 나가지 못해! 인간들이 날 가만두지 않을 거야. 너나 가!

가버려!"

필경 그녀는 자기만의 영역에 갇혀 쓰라린 시련을 잠시 잊고 있었을 뿐이었다.

"사람들이 왜?"

"이 세상은 날 이해하지 않아. 꼭꼭 숨어 있어야 돼. 그들 눈에 띄면 날 죽여 버릴 거야."

한은 화제를 돌려 혼자만의 세계에 빠져있는 미현을 끌어내려고 조심스럽게 희영의 소식을 전했다.

"어제 희영일 봤어."

그녀의 눈이 반짝 빛났다. 순간적으로 생기가 돌던 눈빛은 금새 서늘히 식어 망연해졌다.

한은 애가 타서 미현을 윽박지르기도 하고 제발 혼자만의 세상에서 빠져 나오라고 애원도 했다. 그러면 미현은 그윽한 눈으로 먼 곳을 응시하다 배시시 웃음을 짓고 광인처럼 날뛰고 방안을 서성거리다가 천천히 진정이 되었다.

한은 그녀가 진정한 기미를 보이자 미현이 그토록 그리워하는 태욱을 은근히 상기시켰다.

"그렇게 참기 힘들면 진영아빠 보러 가자."

그녀는 냉담하게 반응했다.

"태욱씬 죽었어!"

발끈 화를 내더니 웅크리고 앉아 무엇을 뿌리는 시늉을 했다.

"그래, 재혼을 했다던데 죽은 사람이나 마찬가지 아니겠어. 잊어, 다 잊어버려."

되도록 그녀의 감정을 건드리지 않으려고 조심했다.

"진영이가 서울에 있는 대학에 입학했대. 기쁘지? 고생한 보람이 있지?"

미현은 무엇이 그리 좋은지 키득키득 웃었다.

"제발 정신 좀 차려 봐. 언제까지 이러고 있을 거야. 억울하지도 않아? 진영아빠, 아이들 모두 아무 일 없다는 듯이 잘 살고 있는데 억울하지도 않냐구!"

그녀는 한을 외면해 버리고 노래를 부르기 시작했다. 목이 메이도록 구슬픈 노래 소리는 그녀가 가족이라는 수신인에게 전송하는 그리움이었다.

＊

죽은 듯이 누워있는 그녀의 어깨위로 따사로운 햇살이 몰려들었다. 창가 라일락 나무 가지가 가녀린 바람결에 흔들렸다. 라일락나무가 창에 그림자를 드리울 때마다 햇살은 어깨에서 얼굴로 자유자재로 넘나들었다. 어디선가 신선한 냄새가 후각을 자극했다.

미현은 살포시 눈을 뜨고 코를 큼큼거렸다. 강한 라일락 향기가 코끝으로 스며들었다. 향기의 유혹을 이기지 못하고 천천히 일어나 창가로 기어갔다. 메스꺼움과 어질증이 일어 한참 만에야 창가에 도착할 수 있었다.

황금색 햇살이 가득 찬 마당에 라일락나무가 바람결에 춤을 추고 있었다. 구름 한 점 없는 파란 하늘과 빛의 축복을 받으며 떨어지는 연보라 꽃잎. 그 광경은 황홀하게 그녀를 놀라게 했다.

"이렇게 아름다운 날도 있었구나. 이 세상은 이렇게 밝고 빛이 났구나."

놀랍게도 그녀는 이렇게 눈부신 세상이 있다는 것을 몰랐었다. 주변에는 온통 생명을 지닌 것들이 주위를 에워싸고 외진 구석까지 거침없이 생동감을 불어넣고 있었다.

창문을 활짝 열고 라일락 향기를 깊이 들이마셨다. 죽어있던 세포들이 일시에 푸드득거리며 살아나는 것 같았다.

한의 집으로 온지 거의 6개월만에 방문을 열고 마당으로 나섰다. 밖의 풍경은 참으로 광휘로웠다. 아름다운 봄꽃과 푸르른 녹음.

그녀는 살고 싶어졌다.

신록이 우거진 숲과 봄의 전령들이 돌아온 세상은 그녀에게 소생의 불꽃을 당겨 삶의 의욕을 되살아나게 했다. 마당을 서성이다 급하게 방으로 들어와 분홍빛 원피스를 꺼내 입었다. 각질이 일어 투실투실한 입술에 루즈를 바르고 머리도 곱게 빗어 끈으로 단정하게 묶었다.

시장으로 향해 빨간 운동화를 사 신고 예천으로 가는 버스에 올랐다.

단 한번만 가족을 보고 싶었다. 태욱이 만나는 걸 거부하면 먼발치에서라도 태욱과 아이들을 볼 생각이었다. 그들이 모두 다 자신을 잊는다해도 단 한번만 볼 수 있다면 가족이 무엇을 원하든 굴복하리라 다짐했다.

마을이 가까워지자 한없이 들떠 올랐다. 버스 창에 비친 창백한 얼굴은 기쁨이 가득했다.

일부러 다리 입구에 내려서 걸으며 재혼을 한 태욱의 행복을, 진영의 대학 입학을 축하해 주는 연습을 수도 없이 반복했다.

마지막은 아파하지 말자고 숱하게 마음을 수습하며 강둑을 지나 언덕 입구에 다다랐다.

＊

럭키 익스프레스. 노란 인형 집 같은 이삿짐센터 트럭이 언덕 입구를 막고 있었다.

"저 차가 왜 언덕에 서 있지? 내가 왜 여길 왔을까?"

노란 이삿짐센터 트럭을 보는 순간 그녀는 이 곳에 무엇 때문에 왔는지 까맣게 잊어버리고 말았다.

마음속엔 단 하나, 그리운 태욱과 아이들이 언덕 위 집안에

있다는 것, 그리운 이를 보기 위해 언덕을 단숨에 올라야 한다
는 사실이었다.

인부 셋이 짐칸에 짐을 부리다가 좁은 공간을 비집고 들어오
는 미현을 밀어냈다.

"아줌마, 좀 비켜요. 짐 싣는 거 보이지도 않아요? 에이, 좁
아 죽겠는데."

박스 두 개를 짐칸에 던져 넣은 인부 둘이 투덜대며 언덕을
올랐다. 인부들 틈새로 마당에서 부지런히 오가는 태욱이 보였
다.

침을 꿀꺽 삼키고 두근대는 가슴을 쓸어 내렸다. 간헐적으로
파문을 일으키던 그리움이 살갗을 저며낼 듯 용솟음쳤다. 그녀
는 언덕을 향해 달렸다.

그토록 그립던 가족이 눈앞에 있었다. 한순간도 잊지 못한,
자신의 전부였던 사람들. 그녀는 마당으로 뛰어들었다.

"진영아! 희영아!"

단 한번의 외침으로 목소리를 잃어 버려도 좋을 만큼 목청껏
아이들을 불렀다. 그러나 아이들의 대답은 들리지 않고 앙칼진
시어머니의 목소리가 미현을 멈춰 세웠다.

"태욱아! 서둘거라."

"어머니, 저 왔어요."

"어머니라니, 내가 와 니 어머니고. 비키그라, 일하는데 걸리
적 거린다마."

어머니는 매몰차게 미현을 마당 귀퉁이로 밀어냈다.

아무도 반겨주지 않아도, 어지럽게 널려있는 집안의 물건들이 하나씩 사라져도 그녀의 마음은 오로지 그리운 가족과 한 공간에 있다는 전율로 지금 눈앞에 벌어지고 있는 일들이 무엇을 의미하는지 알고 싶지 않았다.

숨막힐 듯한 기쁨과, 그 기쁨으로 인한 흐느낌이 염원의 중심에서 자석처럼 그녀의 사고를 끌어 당겼다.

그녀는 멍청히 태욱의 움직임을 무의미하게 쫓았다.

"짐 다 실었는데 그만 떠납시다."

인부가 태욱에게 말했다.

"미현아. 건강해라."

가희가 어깨를 툭 쳤다.

"언제 왔니? 갈려고? 잘가."

미현은 마치 이웃의 친구를 배웅하듯이 작별 인사를 했다.

"우리 모두 함께 가는 거야."

"모두 함께 가다니, 어디로?"

"우리 가족 모두 서울로 이사를 가."

가희가 우리 가족이 되었나? 언제부터? 우리 가족이라고 단호하게 쐐기를 박는 가희의 미심쩍은 말들이 강하게 뇌리를 흔들었지만 머리 속은 말갛게 비어 있었다.

"모두…… 서울로……."

모두와 서울이라는 단어만 막연히 중얼거렸다.

태욱이 작은 가방을 들고 마당을 벗어났다. 그 뒤를 가희가 따랐다. 어머니는 일찌감치 언덕을 내려가고 있었다.

미현은 가희를 밀어내고 태욱을 불렀다.

"진영아빠, 아이들은 어디 있어요?"

태욱이 가던 길을 멈추고 그녀에게 다가왔다.

"서울에."

서울이 어딜까. 이 곳에서 먼곳일까. 아무리 떠올려 보아도 서울이란 곳이 어디인지 도무지 짐작되지 않았다.

그녀는 막 외출에서 돌아온 사람처럼 어질러진 집안의 풍경에 눈을 돌렸다.

사랑채의 뜯겨나간 문짝, 누가 일부러 망치로 쪼아댄 듯이 허물어진 외벽, 빛 바랜 액자 속에 감금된 작은 여자아이의 슬픈 그림 한 장이 뒹구는 폐허가 된 집의 마당, 너저분한 쓰레기 더미.

'내가 없으면 매번 집안이 엉망이라니까, 오랜 외출은 삼가 해야지.'

지극히 평범한 주부들이 털어놓는 일상적인 불평이 소녀의 그림에 머물렀을 때, 알 수 없는 어떤 강렬한 파장이 솟아올라 비밀스럽게 심장을 들쑤셨다.

그들이 떠나는 발소리가 들려왔다.

그 소리는 더 이상 따라오지 말라고, 협박을 내포한 울림처 럼 무시무시했다. 그러나 비어진 머리 속은 채워지지 않았고 가볍게 떨리는 손끝이 외부에서 가해진 불가해한 공포의 본능을 증명해 주었지만 신기하게도 아무런 감정도 일지 않았다.

거대한 폭발음처럼 트럭의 시동 소리가 들려왔다. 끔찍한 소름이 돋아났다.

그 소리는 사랑하는 사람들에게 버려진 한 여자가, 고통에 도취해 고독이라는 승리의 깃발을 펄럭이는 소리였다. 그때서야 눈앞에 펼쳐진 광경이 자신을 버리려는 가족의 음모라는 사실을 알아차렸다.

부지런히 언덕을 오가며 짐을 들어 나르던 태욱이 어떤 계획을 세웠는지, 가족들이 담합해서 공모한 진상이 무엇인지, 그녀가 쓰던 살림도구가 어지럽게 널려있는 광경은 그 의문의 실체를 확연히 드러내고 있었다. 이사 라는 단어가 비어있는 머리속을 가득 채웠다.

"다, 떠나려는 거야. 나 혼자 이 곳에 버려 두고. 안 돼! 가지 마."

주위를 둘러보았다. 가족 중 누구도 보이지 않았다.

트럭을 향해 뛰어들어 앞을 가로막았다. 가희와 태욱이 트럭 조수석에 앉아 있다가 갑자기 나타난 그녀를 향해 무어라 소리를 질렀다.

그들은 그녀를 떨구어낼 방법을 의논하는 건지 무언가 밀담을 나누었고 고개를 끄덕였다. 태욱이 차 문을 열고 내려섰다. 그의 옷자락을 붙잡았다.

"가지마. 당신이 떠나면 다시는 볼 수 없잖아. 다시는 나타나지 않을게. 멀리서 가끔 당신 모습이라도 보게 해줘."

태욱은 낭패감을 감추지 못하고 이마의 주름을 깊게 만들어 불만을 노출했다.

"우린 남남이야. 난 가희와 재혼했어."

"알아, 알고있어. 먼 발치에서 당신을 볼 수 있다면, 아이들을 보게 해 준다면, 새로 시작한 당신의 생활 방해하지 않을게."

"그만 가야겠다. 너도 다시 시작하길 바란다."

그가 옷자락을 빼어냈다. 긴박함을 동반한 충격이 조직망을 좁혀왔다. 미현은 다급해졌다.

"당신이 떠나지 않는다면…… 그렇게만 한다면 시키는 대로 다 할게. 제발 가지마."

"이제, 돌이킬 수 없어. 너 갈 길로 가. 지금도 넌, 날 힘들게 하고 있어. 이 곳도 너도 모두 진절머리가 나."

"당신이 만나주지 않으면 먼 발치에서 당신을 보려고 했어. 당신을 힘들게 하려고 온건 아냐. 제발 날 믿어 줘. 다시는 나타나지 않을게."

그에게 매달렸다.

태욱은 냉소로 그녀를 무시했다.

"널 믿지 않아. 내가 이 곳에 있는 한, 넌 언제고 나타나서 날 괴롭힐 거야."

"아냐! 다시는 이 곳에 오지 않을게. 맹세해, 믿어 줘. 내가 멀리 갈게, 당신은 가지마."

"우리 인연은 오늘로 끝이야."

영원한 이별의 순간은 존재의 진실성마저 뽑아 내고 말았다. 진심으로 그의 행복을 빌어주려고 여기까지 왔는데 그는 한때는 불같이 사랑했던 사실마저도 잊은 듯 매정하게 그녀의 애원을 묵살해 버리고 차에 올랐다.

트럭은 그녀를 피해 천천히 앞으로 나아갔다.

"내가 당신을 얼마나 사랑하는지, 당신을 잊지 못한다는 걸 왜 모르는 거야. 나도 데려가. 나도 데려가!"

뽀얀 먼지가 그녀를 휘감았다. 그녀는 방향 감각을 잃고 트럭의 굵은 바퀴자국 위로 쓰러지고 말았다. 용수철처럼 일어나서 차를 쫓아 무작정 달리기 시작했다.

"아이들을 보게 해 줘, 꼭 한번만. 진영아빠!"

소음을 향해 몰려든 간곡한 외침은 엄격한 통제를 받고 반향되어 되돌아 왔다.

"억울해. 난 억울해!"

트럭은 모퉁이를 굽이 돌아 멀어졌지만 그녀는 뜀박질을 멈추지 않았다. 결코 멈출 수가 없었다. 마지막은 좀더 편안하게 매듭지어야 했다. 아무런 미움도, 아무런 원망도 남겨두지 말아야 했다. 사랑했던 그 마음 하나만 그녀 곁에 남아 있어야 했다.

"어디에 있든, 같은 하늘아래 있으니 많이 아파하지 말라고, 가끔은 당신이 보고 싶을 때 희미한 모습이라도 그릴 수 있게 잘 있으라고, 한 마디만 해주고 가!"

미현은 둑길에 주저앉아 뿌연 먼지를 일으키며 달리고 있는 트럭을 대책없이 바라보았다.

다리를 막 통과한 트럭은 순식간에 사라졌다. 사방이 고요했다. 그녀는 눈이 부셔 실눈을 뜨고 어지럽혀진 집과 다리를 번갈아 보았다.

모두가 떠난 폐허가 된 집. 짙게 드리운 구름의 음영만이 남아 있는 다리에서 그녀의 몸을 거쳐간 숱한 사내들의 영상이 경망스럽게 쏟아져 나왔다.

그 영상은 그녀를 경멸하고 야유하며 사랑이라는 허구의 몸체를 물고 하늘로 날아올랐다. 그녀는 둑길에 허망하게 주저앉아 사랑이라는 말을 씹고 되씹었다.

"이것이 하늘이 내린 형벌이에요? 남은 몸뚱이 하나로 가족을 지켜내려고 몸부림 친, 한 여자의 맹목적인 사랑의 대가가 가족에게 버려지는 건가요? 가족을 버리고 이 한 몸 지켜 냈다면 어떤 벌이 내려 졌을까. 희생의 벌치곤 너무나, 너무나 가혹해요.

이것이 하늘이 내린 운명이라면, 피하지 못할 운명이라면, 끝간데 없이 펼쳐진 고통의 세상을 견뎌낼 실핏줄 같은 희망이라도 줘야할 것 아니에요. 남은 목숨을 바칠 테니 영원히 잊지 못할 내 가족을 내 가슴속에서 꺼내 가세요."

허공을 향해 외치고 또 외쳤다.

"이 세상 남자들에게 따져야겠어. 한 사람과 영원한 사랑을 약속했던 진실의 실체는 한낱 부질없는 말장난이었나? 사랑이라는 이름으로 맺어진 가족의 미명아래 온몸을 너던져 잔인한 전투에서 승리한 결과가 겨우 이런 것이었어?

진실마저 훼손당한 채, 아무도 없는 둑길 위에 혼자 버려지는 것이 사랑이야? 모든 걸 빼앗기고 버려진 가엾은 여자는 슬픔만 가득한 세상을 어떻게 살아가라고, 어떻게… 어떻게….."

모두가 사라진 지금 홀가분하게 털고 일어나 다시 시작한다면 못 살 것도 없었다. 아무런 미련도 갖지 않게 된다면 가족으로부터 자유로워질 수도 있었다.

그런데도 삶보다는 죽음이 먼저 그녀에게 손을 내밀었다.

"다행이라고 생각해, 다행이라고. 이제 모두를 지울 수 있잖아. 마지막은 나 혼자 가는 거야."

죽음이 부유하는 시커먼 강물을 바라보며 그녀는 중얼거렸다.

*

고고하게 흐르던 강물도, 터질 듯이 팽창하던 서러움도 모두 정지된 듯 괴괴한 고요가 흘렀다. 숨을 죽이며 사방을 둘러보

았다. 찬란하게 내리치는 햇살, 푸르른 녹음이 몸서리치도록
천지에 가득했다.

홈잡을 것 없는 완벽한 아름다움 속에 그녀는 몸을 겹치고
꿈속을 헤매는 가난한 떠돌이가 되어 허둥대고 있었다. 까마득
히 멀어지는 햇살 가득 찬 가슴 골의 차디찬 절망은 어둠의 세
상 하나를 그녀 곁에 뚝 떨어뜨려 놓고 그녀를 가두었다. 이제
곧 조각나 흩어져 버릴 그리운 것들도 떠날 채비로 부산을 떨
었다. 앞섶을 축축이 적시는 눈물만이 유일한 동반자 인양 슬
픈 물길처럼 흘러 내렸다.

어쩌자고, 어떻게 하라고 이토록 많은 눈물이 흘러내릴까.
어쩌자고 눈물은 슬픔만을 만들어 사각사각 부서질 가난한 육
신을 적시는지 모르겠다.

"아직도 당신이 돌아오길 바라는 내 눈물이 저주스러워. 아
니, 아니야. 하찮은 눈물 나부랭이로 당신을 되돌릴 순 없을 거
야. 바보 같은 내가 불쌍해서, 눈물이 날 동정하나 봐. 눈물을
다 흘리고 나면 아마 당신이 미워질 거야. 원망스러운 이 세상
도 끝일 테고…… 난 눈물을 믿고 싶지 않아. 억울함과 사랑,
둘 다 담고 있어서 진정한 눈물의 의미를 알 수 없으니까."

그녀는 수습되지 않은 두 마음의 괴리속을 헤매며 도리질을
쳤다.

아무도 없는 이 곳에서 그녀는 삶의 종지부를 찍기로 했다.

가족에 대한 그리움의 교신을 끊기 위해선 죽음만이 절단의 유일한 수단이었다.

그래도 아직은 그녀를 버리지 않은 단 한 사람, 가슴에 남아 있는 아버지. 그 아버지의 흔적이 남아있는 강물은 위안이 되었고, 아버지의 유골이 뿌려진 이 곳에서 죽음을 맞이하면 외롭지 않을 것 같았다. 강변으로 내려가 사지를 벌리고 누웠다. 부드러운 모래 결이 포근히 받아 주었다.

"아빠, 그 곳은 어때요, 살 만한 곳인가요? 내가 그 곳으로 가면 아빠도 이 못난 딸이 부끄러워서 버릴 건가요?"

너덜너덜한 심장을 흘려 놓은 것처럼 노을을 품어 안은 강물은 붉은 핏물을 마구 풀어놓았다.

"아빠가 날 좀 위로해 줘요. 최선을 다한 삶이었다고, 그러니 후회하지 말라고."

짙은 어둠이 몰려왔다. 간간이 우는 풀벌레 소리가 들려왔고 이름 모를 새들이 숲을 헤치며 둥지를 찾았다. 검은 천을 덮어 놓은 것 같은 하늘에는 수많은 별들이 슬픔의 부호처럼 돋아났다.

밤은 슬픔이 풍성했다. 고통스러웠던 과거의 기억도 그 기억의 아픔도 모두다 그녀를 포로로 삼았다.

"진영아 희영아, 미안하다. 끝까지 지켜주지 못해서. 행복해야 돼. 꼭 행복해야 돼."

어느새 달이 떠올라 천지가 파리하게 밝아왔다.

밤새 지나간 삶을 그리던 그녀의 눈빛은 달빛에 반사되어 무수한 잔별만큼 영롱했다.

새날은 어김없이 찾아왔다.

태양이 중천에 떠오르자 모래 변을 편편하게 다듬어 큼직하게 글씨를 썼다.

'강태욱'

그녀는 이승에서의 마지막을 허공에 메아리로 대신했다.

"당신과 함께 한 세월을 후회하지 않아. 눈물로 지낸 날들은 당신이 내게 준 행복에 비하면 아무 것도 아니었어. 내게 치명적인 그리움을 전해 준 당신. 내 마지막 추락은 당신에 대한 그리움을 지울 수 없기 때문이에요. 못다 한 행복 다 누리고 천천히 오세요."

울컥 치밀어 오르는 울음이 뜨거운 물길을 완성했고 오래오래 볼을 타고 흘러 내렸다.

"내 몸속에는 눈물이 살고 있나봐요. 영혼 가장 깊숙한 곳에 둥지를 틀고 아무 때고 흘러 내리네요. 할 말이 아직 끝나지 않았는데……."

흐르는 물기를 다 닦아내고 격해지는 감정을 가다듬었다. 아무도 들어주는 이 없어도, 흘리는 눈물의 의미를 믿지 않아도 할 말이 너무나 많았다.

"이제 떠날 시간이 다 되어가요. 내게 남은 것은 구차하게 이어가고 있는 목숨 뿐인데 내 남은 목숨도 거추장스럽네요. 당신을 위해 내가 가진 모든 것을 주는 것, 목숨까지도 당신께 바치는 것, 내 사랑은 이런 것이었어요. 무조건 주기만 하는 진정한 사랑……."

눈앞이 빙그르르 돌았다.

직면한 죽음 앞에서도 사랑의 애착은 비명조차 지르지 못하게 전신에 파고들어 마지막을 고통으로 장식할 모양이었다. 그녀는 휘몰아치는 말투로 가슴 한가운데를 송곳으로 찌르는 듯한 통증을 몰아내려고 오직 고함지르기에 몰입했다.

"당신이 풀로 태어나 우리 둘만이 사랑하자고 했죠. 싫어, 싫어요. 다시는 인간 세상에 오지 않을거예요. 인간의 세상은 불공평해요.

하지만, 하지만 내 아이들과 당신은 종양 덩어리처럼 가슴에 눌어붙어 전이되고 있어요. 가슴에서 심장으로 손가락 마디마디, 솜털 뿌리 구석구석까지 떼어 낼 수가 없어요. 점점 커져서 죽음을 방해하는데도 떼어지질 않아요.

허락해 줘요. 사랑하는 마음 조금은 가져가도 된다고. 저 하늘에서 내려다보다가 당신이 힘들어 지치거나 행복하지 않을 때 빌어줄게요. 당신도 날 조금만 아주 조금만 잊지 말아 줘요."

*

천천히 강둑을 올랐다.

조팝나무 근처로 다가가 하얗게 떨어진 꽃잎을 헤쳤다.

조팝꽃의 꽃말이 죽어서도 가족을 살리기 위해 환생한 꽃이고 순수와 희생의 운명을 타고난 꽃이라고 했던가.

그녀도 조팝꽃 같이 순수와 희생을 삶의 목표로 삼아 여기까지 왔다.

비록 몸뚱이는 더럽혀져 미천하지만 영혼만은 곧 지게될 꽃잎처럼 순수한 자취로 추락의 동반자가 되어주길 바랬다.

꽃잎을 치마폭에 주워 담았다.

날아갈 듯 강변으로 내려와 아버지의 유골을 뿌렸던 깊은 수심을 바라보았다. 하얀 꽃잎을 한줌 한줌 강물에 뿌렸다. 눈이 부시게 흰 꽃들이 떠다녔다. 신고 있던 빨간 운동화 한 짝도 벗어 띄워 놓았다.

태욱의 이름을 써 놓았던 모래알을 흩뜨려, 엄마가 뿌렸던 은백의 가루들처럼 빨간 운동화를 향해 정성껏 뿌렸다.

태욱의 환영은 강물에 뿌려지자 퇴행을 거쳐 소년으로 변했다.

강물 속에서 하얀 꽃잎을 뒤집어 쓴 소년이 운동화 한 짝을 가슴에 품고 그녀를 손짓해 불렀다. 그녀는 수심이 깊은 곳을 향해 걸어갔다. 차가운 물살이 목까지 차 오르자 기쁨이 충만

했다.

하모니카 소리가 울려 퍼지는 물 속에 소년이 환한 미소로 두 팔을 활짝 벌려 그녀를 반겼다.

물살을 헤치며 앞으로 나아갔다. 닿을락 말락 소년의 손이 가까워졌다. 온몸을 날려 그의 품으로 달려들었다.

검푸른 강물은 그녀를 삼켜 버리고 아무 일도 없었다는 듯, 유유히 흘러갔다. 물위에 뜬 빨간 운동화 한 짝과 몇 잎의 꽃잎만이 그녀의 흔적을 대신해 한곳에서 돌고 있었다.

- 끝

이제 나는 눈물을 믿지 않는다 ②

초판 9쇄 발행 2002년 4월 17일
지은이 백선경
펴낸이 박대용
편집, 기획 최선영 · 임혜란 · 임강빈

펴낸곳 도서출판 징검다리
주소 서울시 마포구 합정동 426-1
전화 3143-1966 · 332-3880 / 팩스 3143-2757
e-mail zinggumdari@hanmail.net
등록 1998년 4월 3일 (제10-1574)

ISBN 89-88246-36-5 03810, ISBN 89-88246-35-7(세트)

잘못된 책은 구입하신 서점에서 교환해 드립니다.